シフォン文庫

満月に秘める巫女の初恋

女神は闇夜の淫儀を好みて

あまおう紅

JN286723

集英社

満月に秘める巫女の初恋
女神は闇夜の淫儀を好みて

目次

イラスト／カキネ

満月に秘める巫女の初恋
女神は闇夜の淫儀を好みて

石造りの広大な拝殿《はいでん》に、きれぎれのあえぎ声が響く。

「……あ、ぁっ……、ぁ……っ」

夜のいま、空気はしんと冷えているはずなのに、イリュシアの身体は燃え立つように熱くてたまらなかった。秘処《ひしょ》に深く男性自身を受け入れながら、汗ばんだ身体《からだ》を小刻みにのたうたせる。

その姿こそ、女神に捧《ささ》げられる供物《くもつ》だ。

巨大な女神の立像の足元にしつらえられた祭壇《さいだん》の高さは、階段にして一段ほど。そこには新婚の初夜よろしく白い敷布《しきふ》が敷かれ、邪《じゃ》を払う花びらがまかれ、そして人をなまめかしい気分にさせ、肌という肌を敏感にしてしまう淫靡《いんび》な香が焚《た》かれている。

性愛を司《つかさど》る女神に対し、愛の営みを披露《ひろう》し、快楽を捧げる大切な儀式《ぎしき》である。

「あぁっ……、セレクティオン、……い、意地悪……しないで……っ」

「先ほど……、貴女《あなた》は私を、冷たいお言葉であしらったではありませんか。……少しくらい意《い》趣《しゅ》返しをさせてください……」

そう言う彼の声もまた快感にふるえ、熱くかすれている。

香に火照《ほて》ったやわらかい身体に、彼は背後からのしかかってきていた。

腋の下、そして脇腹と、イリュシアの弱いところを的確に手でたどり、指を躍《おど》らせては驚くほどの悦楽《えつらく》を引き出していく。そのたびに蜜洞《みつうろ》が、奥深くまで貫いている彼の雄《おす》をビクビクと締めつけるのが分かった。

誰よりも見事に竪琴《リラ》を奏《かな》でる指は、閨《ねや》においては、絶えずイリュシアを切なく啼《な》かせる。

イリュシアが感じている顔を見下ろし、あえかに響かせる声を聞くのが好きだという彼は、快楽を引きのばすことにも巧《たく》みで、イリュシアはいつも気づけば腰がくだけ、人形のようにくったりとされるがままになってしまうのだ。

繊細《せんさい》な愛撫《あいぶ》に焦《じ》らされ過ぎて、達したくても達せない懊悩《おうのう》に身を灼《や》かれた末、ついには高い矜持《きょうじ》をねじ伏せて、ねだるように自《みずか》ら腰を振ってしまう。

「動いて……、お願い、も、もっと……動いて……っ」

「動いておりますよ。ほら……」

背後から耳元でささやかれる、低く艶《つや》やかな声と共に、彼がゆるりと腰を前後させる。と、ぐちゅり、と熟《う》れた果実のつぶれるような音がその場に響いた。

「は、ぁ……っ」

イリュシアの秘処はしとどに濡れ、大きく広がって根元まで彼のものを呑《の》み込んでいるというのに――もう、愉悦《ゆえつ》の階段を駆《か》け上る準備はこれ以上ないほど調《ととの》っているというのに、彼は意地悪く、いつまでたってもそれを許そうとしない。

「どこもかしこも細く華奢《きやしゃ》なお身体で……、見た目は慎《つつ》ましやかなこのお口が、これほど貪欲《どんよく》に私を呑み込み、求めてくださるとは……ね」

「あぁんっ」

ぬちゅ、とわずかに動かされた雄を、蜜洞は必死に追い、からみつく。しかしその動きはあまりにも緩慢《かんまん》で、決定的な刺激にはなりえない。

「貴女の中を、もうしばらく味わわせてください。これまで感じたことがないほど——これ以上は考えられぬほど気持ちがいいのです。すぐに果ててしまうなどもったいない」

「ん……ふっ……う……」

身の内で燻《くすぶ》る悦楽の欲求にさいなまれ、泣きそうになるまで堪《こら》えた末に、イリュシアは気がつけば自分の手を秘処にのばしてしまっていた。

花芯《かしん》にさわろうとして、その手首を背後からやんわりとつかまれる。セレクティオンは、イリュシアのもう片方の手首をもつかみ、両腕を後ろに引っ張るようにして引き寄せ、それと同時に、ずん、と一度強く突き上げてきた。

「きゃぁぁ！　……あ、ぁぁ……っ」

焦らされきった身体には、それだけでびりびりと痺《しび》れるような快感が突き抜ける。

細い背中をしならせてもだえるイリュシアの耳朶《じだ》にねろりと舌を差し入れ、彼は愉悦に満ちたささやきで鼓膜《こまく》を嬲《なぶ》った。

「次においたをしたら、……あの中に入っているものでお仕置きをしますよ」

ささやきは鼓膜をふるわせるのみならず、イリュシアの腰まで伝い、ぞわぞわと粟立《あわだ》たせる。

まるで耳までも犯《おか》されているかのよう。

「ふ……ぁ、んっ」

彼の雄を受け入れたところで、新たに蜜がじわりとにじみ出すのを感じながら、快楽の涙にうるむ瞳を傍《かたわ》らにやった。

あの中とは、香炉《こうろ》が置かれている小卓《しょうたく》の引き出しのことだ。女神に捧げる、この性愛の供儀《くぎ》に使うとされている道具が収められている。

それらを用いると快楽が増すのは確かだ。しかしセレクティオンは巧みすぎて、それを持ち出されるとつらい。使わないときよりもさらに焦らしぬかれて、恥ずかしいほど乱れてしまう。

思い出すだけで羞恥《しゅうち》にもだえるような、過去の仕打ちが脳裏《のうり》によみがえり、イリュシアはいやいやをした。

「道具は、……っ、い、いや……ぁ……っ」

目元を真っ赤に染めて訴えると、彼は喉《のど》の奥でくつくつと笑う。

「恥ずかしがる必要はないのですよ」

そう言うや、彼はイリュシアの膝裏《ひざうら》を抱えるようにして、体勢を変える。胡座《あぐら》をかいた彼の上にまたがって座る形。女神像に向けて、大きく脚を広げたその恰好《かっこう》に、官能《かんのう》に霞《かすみ》がかっていた頭が、一時我に返る。

「いや、こんな――あぁぁっ……」

自らの体勢に衝撃《しょうげき》を受けていられたのも一瞬だった。逃れようと膝をつかまれたまま脚をばたばたさせたところ、先ほどよりも奥まで彼の牡を受け入れるはめになり、葦《あし》のように腰をしならせる。

「はぁっ、……や、……あぁっ、……ふ、深い……っ」

膝を持ち上げられているため、つながっている一点にすべての体重がかかってしまう体勢だった。結果、いきり立った剛直《ごうちょく》に深すぎるところまで突かれ、下肢《かし》の奥がせつなく疼《うず》く。

幾度にもわたって官能を教え込まれた身体は、その機を逃さず、そそり立つ牡を媚壁《びへき》でしめ上げた。まぶたの裏が白くなるほど大きな悦楽に、イリュシアは細い肢体《したい》を大げさなほどガクガクとふるわせる。

「や、……っあっああ……ぁぁぁんっ……！」

「官能を味わい尽くすには、恥じらいなど邪魔《じゃま》なだけ」

達している最中のイリュシアの脚を、さらに大きく広げ、彼は先ほどとは一転して、わざと音をたてるように、激しい突き上げをくり返す。

「い、いまっ……や……っ、……お、お願い……あっ……あっ、……あぁっ……！」

「愛も、性愛も、共に女神から人への最大の賜物《たまもの》。――それがこの神殿《しんでん》の教えではありませんか。聖巫女《せいみこ》である貴女の役目は、ひたすら愛の歓《よろこ》びを享受《きょうじゅ》し、快楽に乱れる姿を女神にご高覧《こうらん》いただくこと」

「で……でも、……いやよ、……こっ、……こんな、……の……っ」

大きく脚を広げられ、雄茎で貫かれ揺さぶられながら、火照らせた身体を快感にくねらせる自分の姿はあまりに淫猥《いんわい》で、己《おのれ》自身ですら正視することができない。

女神に性愛の歓びを献じることこそ儀式の目的と分かってはいても、到底開き直れるものではなかった。

「や、ぁぁ、ぁ……も、ダメ……ぇ……！」

「こらえてはなりません。感じるままに啼きむせび、溺《おぼ》れてください。それこそが官能をこよなく愛する女神が求める供物なのですから」

セレクティオンは、イリュシアの蜜洞を奥の奥まで穿《うが》ちながら、硬く張り詰めて膨《ふく》らんだ花芯を指先でつぅ……とたどる。

「きゃぁ！　ぁあ……っ」

快感が全身を貫き、イリュシアは達したばかりの身体をびくりと大げさなほど震わせた。

「そ、それっ……ダメ……ぇ――」

「そして私の名前を呼んで下さい。愛《いと》しい方」

「んぅう、……ふっ……」

不遜《ふそん》な要請《ようせい》に、首を振る。

それは、いまここでは呼んではならない名前である。彼は本来、ここにいてはいけない人間なのだから。

神官《しんかん》でもないのに神殿の聖域《せいいき》に忍び入り、イリュシアを脅《おど》して好きに弄《もてあそ》ぶ、卑劣《ひれつ》な不信心者。

甘い責め苦に流されて、自ら彼の掟破《おきて》りに同調するような真似をしてはならない。

そう誓うイリュシアの忍耐をあざ笑うかのように、誰よりもうまく竪琴を奏でる彼の繊指《せんし》が、硬く勃《た》ち上がっていた花芯をつまんでくる。くりくりと弄び、イリュシアを思うさま奏でていく。

「あ、ぁあっ……ん……ぅ……ぁ……や、ぁあ、あっ……！」

つい先ほど達したばかりの身体が、ふたたびビクビクと痙攣《けいれん》し、快感の波に呑み込まれた。

身の内に咥《くわ》えたままの雄茎を、蜜壁《みつへき》がぎゅぅっとしめつけるのを感じる。

奥の奥まで埋め込まれた脈動を感じながらの絶頂は、どこまでも気持ちがよく、火照りきった敏感な肌がざわざわと粟立ち、思わず我を忘れてしまいそうになった。

「んっ、……は……ぁ……っ」

荒い息をつくイリュシアの、ぷくりと腫《は》れた花芯に、彼はなおも蜜をまぶすようにして親指で触れてくる。

「んっ……んんっ……ぁ……やぁ……っ」

「名前を呼んで下さい。もっといじって差し上げますから」

「ふぁ……っ、あっ、……あぁんっ、セ……セレクティオン……」

呼ぶつもりのなかった名前を、しぼり出すようにして口にしたところ、彼の指がぬるりと花芯を転がしてきた。

「あっ、……ん、ぅ……っ」

「普段はつれない貴女が……私の手管《てくだ》に溺れて言いなりになっていく様に……、不本意そうでいながら蕩《とろ》けたそのお顔に、ぞくぞくします」

「さ、最低……だわ……っ」

「そう、他のことは考えずに、私だけを見ていればいいのです。……さぁ、もう一度」

「……セレク、ティオン……っ」

と、親指で花芯をいじりながら、中指が、ぐじゅっ……と接合部に潜り込んでくる。

「あ、あぁ……！」

「これ、お好きでしょう……？」

最初にそれをされたとき、ひどく乱れてしまったことを思い出し、ゆるゆると小さく首を横に振った。すると嘘をつくなとばかり、押し込まれてきた指の腹が花芯の裏のあたりをぐりぐりと刺激してくる。

「やぁっ、……あっ、ぁぁあっ……全部、……なんて……っ」

親指で蜜まみれの花芯を転がし、そして蜜洞の最奥をたくましい切っ先で穿たれながらの淫《いん》戯《ぎ》である。次から次へと与えられる悦楽に、イリュシアは媚香《びこう》の効果で熱く張り詰めた肌を粟立たせた。下肢の奥から泉のように蜜がわき出し、少し動くだけでぐちゅぐちゅと聞くに堪《た》えない水音を発している。

「そんな……、何度も……無理……あぁぁ……！」

ぶるぶるっと身体を震わせて、容赦《ようしゃ》のない官能に溺れていく。

「私のことだけ考えていてください。どうか……！」

力を込めた言葉と共に、彼の雄が中で弾けた。蜜壺《みつつぼ》の最奥でそれを受け止め、やがて峠《とうげ》を越えた頃、熱く震える息をつく。

乞われるまでもなく、自分の中は彼でいっぱいだ。彼への怒り、彼への反発、彼への糾弾《きゅうだん》、そして――それでもなお拒《こば》みきれない煩悶《はんもん》。

セレクティオン……！

本来、ここにいてはいけない人間。にもかかわらず、イリュシアがどうしても追い出すことのできない相手。――自らを穿つ彼の雄のように、その存在は胸に深く突き刺さったまま、一向に消える気配がない。

ぞっとするほど色めいた眼差《まなざ》しで見つめてくる相手に対し、イリュシアは自らの心を守るように、涙にぬれた瞳を固く閉ざす。

薄茶色の瞳に宿る濃密な想いに、これ以上引きずられはしまいと。

1章　想いは散りゆき

「そこにいるのは誰です？」

イリュシアの誰何《すいか》に、野外の舞台で竪琴《リラ》を爪弾《つまび》いていた人影が顔を上げた。

夜風が薫る丘の頂《いただき》に築かれた石の舞台。手をのばせば届きそうなほど大きな満月を背後に、人影はしばらく無言でこちらを眺める。逆光で表情は見えないものの、強い視線を感じ不審《ふしん》に思っていると、やがて「女神……」という、奇妙にかすれたつぶやきが聞こえた。

「誰なの？　わたくしは聖巫女《せいみこ》イリュシア。神を敬う心があるのなら、名を名乗りなさい」

年端《としは》もいかぬ少女とあなどられる前に、毅然《きぜん》と応じる。

ここは女神アシタロテを奉《ほう》じる神殿《しんでん》の総本山。その奥殿《オイコス》の――さらに奥にある庭である。足を踏み入れることができるのは神官《しんかん》か巫女、およびその見習いか、特別に招かれた高貴な客のみ。警備も厳しいため、めったな人間がいるはずはないけれど。

相手に特別な反応がないことを、イリュシアはいぶかしんだ。

大抵の人間は、イリュシアがこうして名乗るとその場でひざまずく。なにしろ聖巫女はこの神殿に集う巫女の最高位にして、女神と人との間を取り持つ存在である。儀式《ぎしき》の際には国王ですら頭《こうべ》を垂れる対象なのだから。

にもかかわらず相手は舞台でじっと座ったまま、下にいるこちらを見下ろし続けていた。

その不遜《ふそん》な態度に、生来負けん気の強いイリュシアはわずかに柳眉《りゅうび》を寄せ、そのままつかつかと石の舞台へと続く階段を上っていく。

前に立ってみると、人影が思っていたよりも華奢《きゃしゃ》であることに気づいた。と同時に、月明かりに浮かび上がった相手の顔の、見たこともない美しさに息を吞《の》む。

月明かりを孕《はら》んで輝く、薄茶色のやわらかそうな髪。長いまつげに縁《ふち》取られた、艶《つや》やかな──けれどどこか刃を秘めたような危うさのある眼差《まなざ》し。上品な鼻梁《びりょう》。

均整の取れた細身の体軀《たいく》に、精緻《せいち》な刺繡《ししゅう》を施《ほどこ》した外衣《ヒマティオン》をまとっているのは、まだ若い青年だった。十四歳のイリュシアより、三つ四つ年上というくらいだろう。

（神様……？）

天上にあまねく神々のうちの誰かが、気まぐれを起こして人の世界に降りてきたのかもしれない。

そんな考えが頭をよぎった。

神殿の広大な庭の一角にある石造りの舞台は、野外の劇場として内々の神事《しんじ》によく使われる。

そしていまは人気がなく、満月の光に照らされているのみ。いかにも神々の好みそうな、精美にして神秘的な雰囲気《ふんいき》に満ちている。

案の定、若い青年はその気品のある美貌《びぼう》を妖しくほころばせて笑った。

「私は大神ベリトの遣《つか》いです。主人は妻を奉じる神殿のことが気になるようで、私にのぞいてくるようお命じになったのです」

「まぁ……」

ということは、彼は神ではなく人なのだ。勝手気ままな神々は時折、地上の美しい少年少女を見初めて天上に連れ去ってしまうことがある。イリュシアは立場上、それを知っていたので驚きはなかった。

その場合、聖巫女といえど相手には敬意をもって接しなければならない。

イリュシアは詰問《きつもん》口調を改め、礼儀《れいぎ》正しく応じた。

「それは失礼を。神殿の中をご覧になりたいのでしたら案内しますわ」

「いえ……っ」

きびすを返そうとしたところ、彼の声に引き留められる。

たいそう優美な青年は、食い入るようにこちらを見つめながら小さく首をふった。

「それはまた今度にしましょう。今宵《こよい》は……女神アシタロテの聖巫女である貴女《あなた》について、お聞かせ願いたい」

熱に浮かされたような眼差しをひたりと向けられ——それがほんのわずかも自分から逸《そ》らさ

れないことに、次第に困惑してしまう。

（なぜ……？）

初めてイリュシアを見た人間が言葉を失い、ぽかんと見つめてくることはこれまでにもあった。しかしこんなふうに、自分まで奇妙な心地《ここち》になるのは初めてだった。

どうしてか落ち着かない。奇妙に胸がさわぎ始める。……さわがしく打っては、じんわりと暖かな余韻《よいん》を残す鼓動《こどう》は、決して嫌なものではないけれど。

見つめ合うごとに高まっていくその音に戸惑うばかり。

「……あなたの……名前は……？」

もしかしたら彼は、神の特別な加護《かご》を得て不思議な力でも使っているのかもしれない。

そんな可能性に思い至ったイリュシアに向け、彼は年に見合わず艶めいた、麗《うるわ》しい微笑《びしょう》を浮かべた。

「これは申し遅れました。私の名はセレス。ベリト神の無聊《ぶりょう》をおなぐさめするべく竪琴を奏《かな》でる者です」

＋＋＋　　　　＋＋＋

メレアポリスは、温和な気候の南海において交易の拡大とともに発展してきた湾岸都市のひとつである。またその中で指折りの繁栄《はんえい》を誇る街としても知られていた。

波の穏やかな海を背にして街を見れば、港を囲うように小高い丘がふたつ並び、それぞれに壮麗《そうれい》な神殿と、白亜の王宮とが築かれ、商業と文化の重要な拠点として活気づく街を見下ろしている。もたらされる繁栄は、この街が大神ベリトではなく、その妻である愛と豊穣《ほうじょう》の女神アシタロテを主神として奉じているためだとも言われていた。

丘の上に建つアシタロテ神殿は南海世界で最も美麗《びれい》と名高く、街の人々の心の拠《よ》り所であると同時に誇りでもある。そこに住まう神官、巫女は崇拝《すうはい》の対象であり、ことにそれらの頂点に立つ聖巫女《せいみこ》は、何物にも勝る国の至宝と崇《あが》められていた。

普段は神殿の奥深くに隠《こも》り、一般の信徒の目にふれることのない、謎めいた女神の愛《いと》し娘《ご》。加えて当代の聖巫女イリュシアは、光り輝く栄光の王と、神々にまでその名を知られていた先の国王クレイトスの一人娘である。

限りなく高貴なその存在があればこそ、メレアポリスにはアシタロテの強い加護が約束されているのだと――国の民はもちろん、異国の人々にまでも広く信じられていた。


「おかえりなさいませ」

「おかえりなさいませ、イリュシアさま」

舞の稽古《けいこ》を終えて自分の殿舎《でんしゃ》に戻ると、年下の巫女見習いの少女達の声に迎え入れられた。

聖巫女の殿舎は、巫女達が暮らす建物から独立した造りになっている。幼い頃身を置いていた王宮から華美だけを取り除いた印象の壮麗な殿舎は、玄関を抜けて続き間を過ぎると、広々とした解放的な居間兼中庭があった。

瀟洒《しょうしゃ》な柱列と回廊《かいろう》に囲まれたその空間の周囲に、私室や寝室といった部屋が並んでいる。着替えに使っている部屋に入ると、待つほどもなく新しい白絹《しらきぬ》の内衣《キトン》が運ばれてきた。

大きな一枚布であるそれを広げ、見習いの少女達が手慣れた様子でイリュシアの身体《からだ》に巻きつけていくのを見守りながら、監督役である年長の巫女が声をかけてくる。

「お稽古はいかがでしたか？」

イリュシアは少女達が作業をしやすいよう、金褐色《きんかつしょく》の長い髪をまとめて持ち上げながらほほ笑んだ。

「いつも通りでした。……けれど今日はこれから、うれしい知らせを聞くかもしれません」

「まぁ……何でございますか？」

「さぁ？　ですが稽古の間中、皆は楽しげに目配せをし合っていました。それで思い出したのです。レダが先日神官のピュロスから求婚されたことを」

「なるほど。それではまちがいないでしょう」

「きっと言う機会をうかがっているでしょうから、連れてきてしまいました」

「どうりで。何やら居間がにぎやかなこと」

そう言うと、監督役の巫女は中庭の方へ向かう。二人が言葉を交わしている間に、見習いの少女達はすべらかな白絹の衣を、飾りのピンや細い帯を用いて手際よく留め、襞《ひだ》を調《ととの》えていた。その上に、小さな輝石《きせき》を散りばめるように縫《ぬ》い込んだ丈の短い外衣《ヒマティオン》を重ねられたところで、イリュシアは手でまとめていた自分の髪を離す。

ふわりと広がる長い髪の毛に、輝石の連なる髪飾りを載せられれば着替えは終わりだ。片付けをする見習いの少女達にねぎらいの声をかけつつ、イリュシアも中庭へ向かった。

居間でもあるそこには、色のついた大理石でさりげない模様が描かれた床に、細工の美しい寝椅子《クリネー》が幾つか馬蹄《ばてい》形に配置されている。そのひとつひとつに、稽古場からここまでイリュシアを取り巻いていた巫女達が腰を落ち着け、思い思いにくつろいでいた。

彼女たちは一様に、たっぷりと襞を取った内衣《キトン》と、細緻《さいち》な刺繍のほどこされた外衣《ヒマティオン》をまとっている。清らかな白い衣と装飾品は、花瓶《かびん》に飾られた色とりどりの花々と相まって、日の光に満たされた中庭を美しく彩っていた。

「イリュシアさま」

高座に置かれた黒檀《こくたん》の寝椅子《クリネー》にイリュシアが腰を下ろした、その時を見計らうようにして、ひとりの巫女が前に進み出てくる。

見習いではない、本職の巫女である。その証《あかし》に、額《ひたい》には金銀の鎖で作られた細い冠《かんむり》が輝いていた。成人の儀《ぎ》を受け、一人前となった聖職者は男女を問わずそれをつけるのが習わしなのだ。

「何でしょう、レダ。今日はずっとそわそわしているようでしたけど」

微笑を交えて返すと、レダははにかむように頰《ほお》を紅潮《こうちょう》させて続けた。

「私事ではございますが、ご報告させていただきます。先日お話ししました神官ピュロス殿からの求婚ですが、ありがたくお受けすることに致しました」

その言葉に、周りではなやかな歓声が上がる。イリュシアも喜ばしい気分で相づちを打った。

「それは何よりです」

「つきましては、巫女の紐冠をお返しし神殿を去る日まで、聖婚《せいこん》のお勤めも退《しりぞ》かせていただきたくお願い申し上げます」

「そうですね。褥《しとね》の相手を、夫となる方と同じように愛することなど、できるはずありませんから」

うなずいて言うと、巫女達がさざ波のように同意の笑みをこぼした。

愛と豊饒の女神アシタロテは、同時に性愛をも司る。よってこの神殿に身を置く神官および巫女には、他の神殿にはない特別な勤めが求められていた。

聖婚、と呼ばれるそれは、寄進《きしん》と引き換えに信徒と床を共にし、愛と快楽を女神に捧《ささ》げてその賜物《たまもの》に感謝する供儀《くぎ》である。神殿に一定の金銭を捧げれば誰でも与《あずか》ることのできる恩寵《おんちょう》だが、それは与える側の神官や巫女に対しても、どんな相手をも等しく平等に愛する心の処女性《しょじょせい》が求められる。ひとたび恋を知り、特別な執着を持つようになっては勤めが果たせない。

そのため特定の恋人を得た神官や巫女は、聖職を退いて還俗《げんぞく》するのが慣わしであった。

「ピュロス殿はもてるから、ちゃんと目を光らせておくのよ？　危ないと思ったらすぐに聖婚を勧めなさい。あなた達には寄進もまけてあげるから！」

ひとりの巫女が口にした戯《たわむ》れに、皆が朗らかに笑う。

性愛を好み、情交に励むことを是《ぜ》とするアシタロテの教えにおいても、婚姻《こんいん》の聖性や、貞節《ていせつ》が美徳とされることは他の信仰と変わらない。ただ男も女も、神殿における聖婚は不貞《ふてい》のうちに入らないのだ。

そもそも南海沿岸の地域は、どこも性におおらかな気風である。

人口がそのまま国力を決する都市国家において、国土を拡大し、生産や兵力を確保するためには民を増やすことが欠かせない。男女の性愛抜きに国の発展は望めず、よってどの国でも詩人は愛と美と官能《かんのう》を歌い、賢人《けんじん》は快楽を追求し謳歌《おうか》することこそが人生を富ませると教え説いていた。

中でもアシタロテを主神とするメレアポリスは開放的であるため、王女として生を享《う》けたイリュシアも、王宮において、また神殿において、年かさの女達のあけすけな話を耳にして育った。

聖婚や、恋人たちが愛を交わす行為についても、それなりに把握《はあく》している。しかし経験はなかった。

八歳という異例の年齢で聖巫女の座に就《つ》いたため、正式な巫女となるのに必要な成人の儀——神官を相手に女神に処女《おとめ》を捧げる儀式が、まだ行われていないのだ。

とはいえそのイリュシアももう十六歳。充分成長を果たした。最近は巫女達のおしゃべりも、気がつくとその話題である。

すでに相手を務める神官の人選は始まっているようだが、仮にも女神の愛娘《まなむすめ》たる聖巫女の処《おと》女《め》を散らすとあって、とても紛糾《ふんきゅう》しているようだ。

「メテウス殿は？　いま女性の信徒から大変な人気よ」

「技術に長《た》けた美しい若者と評判だけど、ただの神官よ。やはり役職についた方でないと」

「神殿執政官《しっせいかん》のハルパロス様は？」

「イリュシア様のお相手を務めるには少しお年を召していらっしゃるわ。女神がご不満に思われるかも」

「じゃあゼノン様は？」

「やめて！　女神は大変なご面相《めんそう》食《く》いでいらっしゃるのよ！」

笑い声が弾ける。楽しげな雰囲気にほほ笑みながら、イリュシアはどこか他人事のようにそれを聞いていた。

イリュシアは七つの時に父王を戦で亡くし、その翌年、後を継いだイロノス王によって政治的な理由でここへ送り込まれてきた。他の巫女とちがい、自分の意志で門をくぐったわけではないせいか、晴れて一人前になれると考えても、気持ちの高揚《こうよう》は特にない。

それればかりかわずかに、儀式とはいえ不特定多数の神官に身をまかせることへの反発があった。年かさの巫女によれば、それは処女《おとめ》が共通して持つ潔癖《けっぺき》な感情から発するもので、経験を積み、巫女として成熟《せいじゅく》していくうちに消えていくものなのだという。

けれど巫女見習いの少女達が成人の儀を待ちわび、相手となる神官について楽しげに予測し合う光景を目にするたび、かすかな疑念に心が曇った。

(わたくしは巫女に向いていないのかもしれない……)

そしてそう思うとき、必ず脳裏《のうり》に彼の姿が現れる。

(セレス――)

竪琴を得手とする、あの美しい青年。物腰がやわらかく穏やかな気質の彼に、そんな迷いを打ち明けたなら、何と言うだろう?

(もちろんそんなこと、決して口にはできないけれど……)

聖巫女として自覚のない真似はできない。適性はともかく、父の名に恥じぬよう務めを果たし、世に尽くしたいという思いは、まちがいなくあるのだから。

こっそりため息をついたところで、ふいにひとりの巫女から声が上がった。

「エレクテウスは?」

飛び出した名前にその場が静まりかえる。

発言の主に向けてみんなが咎《とが》めるような眼差しを向け、気づいた当人もあわてて口を閉ざした。

イリュシアは苦笑する。

エレクテウスは、先代の聖巫女の遠縁《とおえん》という出自から、神殿長の側仕《そばづか》えを務める少年である。十五歳にして聖婚にも従事する早熟《そうじゅく》さで、特に年上の女性信徒からの人気が高い。そしてイリュシアの恋人とも目されている――ことは、公然の秘密だった。

イリュシアが聖巫女の地位にあるのは、ひとえに国王の意向による。人望のあった前国王の娘を俗世《ぞくせ》に置けばいまの治世《ちせい》の妨げになるとして定められたことであり、退位も還俗も自分の意志ではままならない。

それゆえ特例として、恋仲の相手がいることを皆、見て見ぬふりをするのだ。

(……本当はそれも真実ではないのだけれど)

そう考えたとき、ちょうど部屋の入口で軽やかな笑い声が響いた。大理石の壁に反響するその声は、男のものでありながら、どこか線の細さを残している。

「大変光栄なお話ですが、オレが姫の成人の儀においてお役目を賜《たまわ》る可能性はありませんよ。まだまだ神官位を得て日の浅い若輩《じゃくはい》の身ですから」

「エレクテウス……!」

名前が呼ばれるのと同時にすらりとした人影が現れると、その場ははなやいだ雰囲気になった。

まなじりの切れ上がった端整《たんせい》な顔立ちに、印象的な紫色の瞳。男子禁制の巫女の殿舎へ――それもその最奥にある聖巫女の部屋へ、神殿長の使いとして特別な許可を得て訪ねてくるこの少年は、見目良く聡明《そうめい》で礼儀正しく、巫女たちにも大人気なのである。

「日が浅いだなんて。二年はたっているでしょう？」

「二年しかたっていないのです」

「あら、神官になる前から女神に愛を奉じていたというではないの。あなたの成人の儀で相方を務めた巫女から聞きましたよ。あなたは清童《せいどう》ではなかったと」

「まぁ勤勉なこと！」

笑いながら暴露《ばくろ》する年上の巫女に向け、額に銀の紐冠を輝かせた彼は、すました笑みを見せる。

頃合いを見計らって、イリュシアはその間に割って入った。

「さぁみんな。少しの間だけ遠慮《えんりょ》してくれますか？　神殿長さまからのご用向きをうかがわなければなりませんから」

求めに応じて巫女たちがいなくなった後、イリュシアは寝椅子《クリネー》に半身を横たえたまま、入口からこちらに歩いてくる相手に、ほほ笑みを向ける。

巫女と神官の殿舎は広い庭園にへだたれており、双方の行き来は原則として禁じられている。そのため彼と顔を合わせるのは久しぶりだった。

彼は、見習い巫女が座るための簡素な椅子を持ってきて、イリュシアの寝椅子《クリネー》の前に置きながら応じる。

「こうして人払いなどするから変な噂が流れるのですよ」

「わかっているわ。でもあなたと私の本当の関係は、誰にも知られるわけにいかないんだもの」

父親似のその顔を、イリュシアは目を細めて眺める。

「あなたが実はイロノス王の息子で、わたくしと同腹の姉弟だなんて」

イロノスは過去、不仲だった兄の妻を乱暴したことがあるのだ。エレクテウスはその際にできた子供で、つまりはイリュシアの父親ちがいの弟に当たる。

弟の暴虐《ぼうぎゃく》に激怒した先王は、生まれてくる子供を殺すと息巻いたものの、王妃の友人でもあった先代の聖巫女オーレイティアがそれを止め、生まれた子供を遠縁の子として引き取ったのである。

現在エレクテウスの出生の秘密を知っているのは、イロノスとイリュシア、オーレイティア、そして神殿長だけ。

イロノスには他に息子がいないため、エレクテウスの出生が人に知られれば、きっと宮廷は

「元気にしていた？」

大さわぎになってしまうだろう。

イリュシアがそう言うと、彼は肩をすくめた。

「イロノス王は兄嫁のみならず、幾度となく臣下の妻に手を出したことで、ついに女神オルテギュアの怒りを買ったそうですよ。今後、跡継ぎは決して望めないでしょう」

純潔《じゅんけつ》の女神オルテギュアは、処女《おとめ》や貞淑《ていしゅく》な妻の守護神である。同時に、子供をもたらす出産の神でもあるため、機嫌を損ねた者は子宝《こだから》が得られなくなってしまうのだ。

「戦と色ばかりを好み、統治者としては失策の続くイロノスの人気は決して高くはありません。彼を取り巻く貴族たちが団結して治世を支えているだけです。――そんな時にオレの存在が明るみに出れば、どうなるか……」

「やめて」

想像に難くない。イロノスも、彼を支持する貴族たちも、自分達の立場を脅《おびや》かす少年を総力を挙げて排除《はいじょ》にかかるだろう。

「そんなこと、まちがっても考えないでちょうだい、エレクテウス。イロノス王は赤ん坊の時に王宮の外へやられたあなたのことなど、すっかり忘れているわ。この神殿の中でおとなしくしていれば、安全に暮らせるのだから」

「オレはそうかもしれません。ですが、いまひとつ懸念《けねん》があります」

「懸念？」

「イロノス王は、八歳で神殿に厄介《やっかい》払いした姪《めい》のことを、忘れてはいないようなのです」

「わたくしを……?」

思いがけない話に目をしばたたかせるイリュシアに、彼ははっきりとうなずいた。

「宮廷にはいまだ、人望の厚かった前国王クレイトス陛下《へいか》を慕い、イロノスをよく思わない者が多くいます。そういった勢力が遺児《いじ》である元王女と通じて何か画策をしまいかと、国王派は警戒しているのです」

「そう。……知らなかったわ」

戸惑いとともにつぶやく。そもそも神殿には俗世の話は届かないもの。エレクテウスのように詳しい方がめずらしいのだ。

困惑するこちらに向け、彼はわずかに声を落とした。

「おまけに、このところ巷《ちまた》は貴女の成人の儀の話で持ちきりです。聖巫女として成人の儀を迎えれば、貴女は名実ともにこの国でもっとも高貴な女性となる——」

それはつまり、人心を集める象徴にしやすいということだ。

理屈は分かるものの、さほど現実味のある話とは思えなかった。

「わたくしは、この通り神殿に籠《こ》もって暮らしている身。外の世界に関わるつもりはないわ。聖巫女として人々の祈りを女神に届け、その加護を皆にもたらすよう心をくだくだけ」

簡潔に応じると、相手は表情を引きしめたまま小さく首をふる。

「貴女がそのつもりでも、向こうはそう思わないかもしれません。神殿の奥殿《オイコス》にいる限り、めったなことはないとは思いますが、どうかお気をつけください」

「――わかりました」

納得したというよりも、弟を安心させるために、イリュシアは深くうなずいた。

そうしながら、ちらりとひとつの顔が脳裏をよぎる。

（……まさか）

出会ってからこちら、彼は一度も怪しいそぶりなど見せていない。だから大丈夫。この件とは無関係だ。

ふと心に湧《わ》いた不安をぬぐうような心地で、イリュシアは付け足した。

「これまで以上によく気をつけることにします」

＋＋＋　　　　＋＋＋

今夜は満月である。

イリュシアは夕食の後に自室に籠もると、輝石の連なる飾りピンや細い帯を取り、いつもより少し肌を見せ、はなやかな印象になるよう、自分の手で内衣《キトン》と外衣《ヒマティオン》の襞《ひだ》に趣向《しゅこう》を凝《こ》らし、形を整えた。

そして日が暮れてしばらくたった頃、出入口のところに控えていた見習いの巫女の目を盗み、そっと殿舎を抜け出す。

神殿の構造は、公的な部分と私的な部分とに別れている。公的な部分とは、一般の人々が参拝するための大きな祭壇《さいだん》のある前廊《プロナオス》と、寄進者が聖婚に使う内房《カタゴギオン》と呼ばれる施設である。そしてその先に神官や巫女の暮らす私的な空間であるところの奥殿《オイコス》があった。

奥殿《オイコス》への立ち入りを許されているのは、神殿の関係者か、特別に招かれた客のみ。国の繁栄を支える神域を守るため、奥殿《オイコス》の周囲は厳しく警備されているという。

よってイリュシアは、闇夜《やみよ》においてもさほど警戒することなく、勝手知ったる廊下《ろうか》を忍び足で歩き、建物の外に向かった。

天人花《ミルテ》の咲き誇る一画を抜け、オレンジの木々が茂る丘の側面に見えてくる石造りの舞台に近づいていくにつれ、やわらかな竪琴の音が聞こえてくる。

弾き手の心を映すかのような、穏やかで優しく、けれどどこか悩《なや》ましい、艶やかな音色。

「セレス」

イリュシアの声に、石舞台に直に座り込んでいた青年が、竪琴を弾く手を止めて顔を上げた。

その面差《おもざ》しの美しさは出会った頃から変わらない。

けれど少年めいたやわらかさを残していた頬は引きしまり、ほっそりとしていた身体にはしなやかな肉がついて、全体的に以前よりもひとまわり大きく、頼もしくなった。

初めて彼を目にした、あの日から二年。満月の夜にだけそこに現れる彼と、ずっと会い続けている。

月の魔力が最も高まる夜、石舞台の上での逢瀬《おうせ》はまるで夢のように現実味がなく、酒を飲んでいるわけでも、香を焚《た》いているわけでもないのに、イリュシアはその時間に酔いしれてしまう。

「お待ちしておりました。イリュシア様」

そう言ってやわらかくほほ笑みかけられるだけで、頬がほんのり色づくのを感じた。

薄茶色の瞳は相変わらず熱を孕《はら》み、イリュシア以外は目に入らないとでもいうように、じっとこちらにすえられている。

月の光を受けて金にも見える神秘的な色。見つめ合うと――否《いな》、目が合うだけで胸がさわぎ出す。

彼の変貌《へんぼう》は大人になっただけではない。なにげなくこちらに向けられる流し目に、あるいは蜜《みつ》をぬったように艶やかなくちびるに、そしておどろくほど繊細《せんさい》に竪琴をつま弾く長く美しい指に、えもいわれぬ色香が備わった。

肌を洗う麝香草《タイム》の香りは、富裕な暮らしの証。彼が少し身動きをするだけで香るそれは、いつだってイリュシアを落ち着かない気分にさせる。

せわしない鼓動を押さえるようにして、控えめな笑みを浮かべた。

「こんばんは、セレス。月がとてもきれいね」

「そうでしょうか?」

セレスは小首をかしげる。後ろでゆるくひとつに束ねた長い薄茶の髪が、月明かりをふくんで淡く輝いた。

「気がつきませんでした。月よりも……その光に照らされて一面に広がる天人花《ミルテ》の花々よりも美しい方の訪れを、今や遅しと待ち焦《こ》がれていたもので」

さらりとそんなことを言いながら、彼はぽろぽろと竪琴をつま弾く。

「――……」

優雅《ゆうが》なほほ笑みをたたえた顔を見ながら、イリュシアはもう、と心の中でつぶやいた。聖巫女《せいみこ》である自分にこんなふうに甘い言葉をつむぐのは彼くらいだ。

浮ついたその響きに、わきまえない相手への非難めいた気持ちと……それを圧するうれしい気持ちがあふれてくる。

相手にしてはいけない。彼の言葉が耳に心地よいのは、いまに始まった話ではない。色事《いろごと》に慣れない市井《しせい》の処女《おとめ》のように動揺するのではなく、性愛を司る女神アシタロテの娘にふさわしく、大らかに流さなくては。

「本当に、あなたは困った人」

ふわふわした心地を感じながらも、イリュシアは賛辞《さんじ》など慣れているという態《てい》で、すましてほほ笑んだ。

「ベリト神に言われていないの？　この先アシタロテに供物《くもつ》を捧げる役目を負う聖巫女を、誘《ゆう》惑《わく》してはならないと」

「主《あるじ》に言われているのは、聖巫女と相対する際には、いついかなる場合でも最上の敬意を忘れないようにということだけです。お話をする時も——」

そこで言葉を切り、彼はイリュシアの右手を、そっと自分の両手で包んだ。

「こうして御手にふれるときも、見つめ合うときも」

艶めいたささやきに鼓動が跳ねる。

彼の体温に包まれ、右手は痺《しび》れたように動かなくなってしまった。熱のこもった薄茶色の眼差しを、瞬《まばた》きをするのも忘れて見つめてしまう。

しばらくたってから、イリュシアはハッと我に返った。

「は、離してください」

取られたままだった手を、引っこ抜くようにして自分の方に取り戻す。彼はどぎまぎするこちらの様子に目を細め、ほほ笑ましげに見つめてきた。

（——もう……っ）

そっと目を伏せ、イリュシアは平静を装う。

「……いつもそうやって戯ればかり」

「戯れにしておかなければ困るのは貴女の方では?」

彼のぬくもりの残る手を、胸の前で組む。そんなイリュシアに向けて、セレスは試すようにささやいた。からかい交じりではあったものの、その目は笑っていない。

「私はいつ本気になってもかまわないのですよ」

「それ以上ふざけてはいけません。……わたくしは——」

「貴女は女神アシタロテの聖巫女。時が来れば信徒の頂《いただき》に立つ者として、性戯《せいぎ》にすぐれた神官と睦《むつ》み合い、この上ない快楽を女神に捧げるのが定め」

「そう、わたくしにふれてよいのはアシタロテの神官のみ。それは古来より伝えられてきた女神の掟《おきて》です」

聖巫女は女神の娘。地上に暮らす人間とはちがう、特別な存在としての聖性を守るため、女神はその法を定めたという。

だがセレスは、アシタロテの夫である大神ベリトの遣いなのだ。神と人とのはざまに在る特別な存在——いわば神官と同等の立場である。

聖典の解釈次第では、彼には聖巫女の相手をする資格があるのでは——

そう考えた時、ひとつの疑念がむくりと頭をもたげる。

(セレスは本当に神の遣いなの……?)

証するものは何もない。彼はただ、満月の夜にだけここに現れる。そのことはイリュシア以外誰も知らないようだ。

それは不思議なことだけれど、でももしかしたら彼ひとりが知る秘密の抜け道があって、そこから入ってきているだけかもしれない。実際には彼は神の遣いでもなんでもなく、地上で暮らすただの人間にすぎないのかもしれない。

この逢瀬がなくなってしまうことを惜しむ自分の心が、その現実に目隠しをし、信じたい事柄だけを信じてしまっているのかも……。

そんな迷いは常に心のどこかにあった。

疑いを胸の中で転がしながら見上げると、今度は彼の方が、困惑するようにつぶやく。

「……そんな顔をしないでください。戯《ざ》れ言を申し上げました。謝ります。どうかいつもの花のようなお顔をお見せください。できれば笑顔を」

「あなたが変なことばかり言うからよ」

「ええ、非はすべて私にあります。貴女に対して普通の娘にするように話しかけ、美しい顔を曇らせるという愚《おろ》かな真似をしてしまいました」

「――……」

真摯《しんし》な言葉が想いを伝えてくる。少なくとも、彼の心はイリュシアの元にあるのだと。

たとえイリュシアが自分の立場を慮《おもんぱか》り、誰の元にも心を置かないよう気をつけているのだとしても。

「どうか笑ってください。せっかくこうして二人きりでいられるのですから、その時間を大切にしたいのです。私にとって、いまこの瞬間には何物にも代えがたい価値があるのですから」

懇願《こんがん》する青年からは、いつもの余裕が消えていた。

やわらかな口調の中にも、こちらの機嫌をうかがうような必死さが見え隠れしている。

「常にこのアシタロテ神殿の奥に御身《おんみ》を置かれ、決して表へお出になることのない——只人《ただひと》は近づくどころか目にふれることすらない貴女と、こうして間近で向かい合っているというこの奇跡《きせき》は、まるで神の酒《ネクタル》のように私を至福に酔わせるのです」

薄茶色の瞳が、熱を孕んで間近から見つめてくる。

イリュシアこそ、この逢瀬のもたらす高揚感に酔っていた。ひたむきに見つめてくる眼差しに、まるで夢の中にいるような心地になってしまう。

しかし同じく、それに我を忘れてはならないという警告が、自分の中から聞こえてきた。

(あなたは本当は誰なの?)

これまで幾度も訊《たず》ねようとして、そのたびに断念した問いが胸の中でうずまく。

それを察したかのように彼が話を変えてしまうせいでもあり、またイリュシア自身に、それを明らかにしたくない気持ちがあるせいでもあった。

(けれど……けれど、今日こそは——)

前回も、その前も、訊《き》こうとして切り出せずに終わった。しかしいつ成人の儀を受けるか分からなくなったいま、いつまでもそのままにしてはおけない……。

　彼はいつものごとく、イリュシアのそんな思いに勘づいたようだ。こちらが口を開く前に、先まわりをする。

「話はこのくらいに。竪琴をご所望でしたね？　奏《そう》しましょう。貴女が望まれるままに」

「セレス……」

「ただしお忘れにならないでください。このように、意のままに私に竪琴を弾かせることができるのは、大神を除けば、この世に貴女をおいて他にいないことを」

「――セレス」

　響き始めた軽やかな旋律《せんりつ》にかまわず、意を決してイリュシアは続けた。

「わたくしはそろそろ成人の儀を行うわ。……神殿長さまがいま相手を選んでいらっしゃるところなの」

「――……」

　旋律が、ふとゆるむ。

　当たり前のことを言っているはずであるのに、なぜかかすかな罪悪感を感じながら、単調に続けた。

「それを終えたら、いよいよ聖巫女として正式に聖婚の供儀を始めることになる。しきたりに従い、満月の夜にだけ神官を相手に女神への奉納《ほうのう》を行うの。だから……もうここへ来ることができなくなるわ……」

普通の巫女は、月の満ち欠けに関係なく役目を勤める。けれど聖巫女はひと月に一度——満月の夜にだけ行うのが習わしだった。

セレスは真剣な面持《おもも》ちでこちらを見つめている。どこか悲しげな、胸を引きしぼられる眼差しで。

その瞳に向けて、イリュシアはずっと考えていたことを打ち明けた。

「だから……だから、あなたも聖婚の相手になってくれないかしら？」

「私が？」

「そうよ。ベリト神の遣いであれば、神殿長さまも否とは言わないはず。数回に一度なら、あなたを相手に加えてくださるわ。……神の遣いであることを、きちんと証しさえすれば」

言って、試すように見上げる。

これまでずっと見ないふりをしてきた、相手の核心に、ようやくふれた。

この突然の斬り込みに、彼はどう反応するだろう？　やましいことなど何もないと、うなずくだろうか。それとも不意打ちの問いに、ごまかすことができず動揺を見せるだろうか。

それとも——？

見守るイリュシアの前で、彼は優美な眉《まゆ》をわずかに寄せ、口の端《は》を持ち上げた。まるでおもしろくない冗談でも聞いたとでもいうかのように。

「私が数回に一度の聖婚の相手？　成人の儀のお相手ではなく？」

「な……っ」

分別のない問いに絶句してしまう。

アシタロテの神官でもないというのに、なんて不遜《ふそん》な物言いだろう。

「成人の儀は、信用と実績のある者が務めるもの。あなたでは候補にもなれません」

きっぱりと言い切ると、彼の周りの温度が、少し低くなったように感じた。

「……その『信用と実績のある者』に、この愛らしいくちびるを吸わせるのですか？」

「え……？」

聞き返したくちびるに、かすめるように何かがふれた。

やわらかく、あたたかく、いままでふれたこともないような、不思議な感触の何かが。

そしてまた、視界からはみ出すほどいっぱいに広がる彼の顔にもおどろいてしまう。

それはすぐに離れていったが、いつもよりもずっと間近にとどまり、長いまつげを伏せた色めいた眼差しで、妖しく見下ろしてくる。

いままでにない不穏《ふおん》な目つきは、静かにゆらめく情欲を宿し、その炎はイリュシアの心を舐《な》め上げるように甘く煽《あお》り立てた。

「――……」

緊張《きんちょう》と、期待と、不安と、甘美《かんび》な予感に、胸がせわしなくさわぐ。しかしその先にあるものが分からぬ身では、どの感情も勢いよく空まわりし、ただ熱を発し続けるばかり。

自らの鼓動を感じるほど張り詰めたイリュシアのくちびるに、彼は再度口づけてくる。

(――こんなにも……)

口づけとは、こんなにも心地よいものなのか。

セレスが自分を求め、そしてくちびるを重ねている……。そう考えると、ただ軽くふれ合あわせているだけなのに胸が痺れて疼《うず》き、そこからいままで感じたことのない気持ちがあふれ出した。

やめさせなくては。

そう思うのに、こみ上げる気持ちに手足を絡《から》め取られてしまったかのように、どうしても動くことができない。

神秘的な月の光の下、焦がれる思いをこらえるような面持ちで、まるで彼の方が苦しいとでもいうかのようにほほ笑む顔から、目を逸らすことができない。

まるで満月の夜が見せる夢のようだ。言葉を発したら、その瞬間に魔法が解けてしまいそう……。

そんな予感に、微動《びどう》だにせず口づけを受けていると、軽くふれるばかりだった彼のくちびるから、ちらりと舌先が出てきてイリュシアのくちびるをなぞった。

「――……っ」

吐息《といき》がふるえると、それを吸い込むかのように先ほどよりも強くくちびるを重ねられ、やわらかく食《は》まれる。

未知の感覚にびくりとふるえた身体は、気がつけば背にまわされていた腕に抱きしめられた。

……壊れ物を扱うかのような、優しい仕草で。

それでも、初めて異性と接することに反射的にこわばってしまう身を、彼はゆったりとした手つきでなでてきた。大丈夫だと――何も怖いことはないのだと教えるように、何度も、何度も。

やがてイリュシアの意識は、幾度となくくちびるを重ね合わせる甘やかな感触と、穏やかな熱と、麝香草《タイム》の香りに包みこまれ、少しずつゆるんでいく。

「……ふ、……っ」

肌にふれる体温と、鼻孔から忍び込む妖しい香りが心を満たしていき、そして――

「姫……！」

突然、その場を切り裂くように、切羽詰《せっぱ》まった声がするどく響いた。

耳になじんだ少年の声に、さらわれる寸前だった心が、ハッと引き戻される。瞬間、自分が何をしているのかに思い至り、ひどい衝撃《しょうげき》を受けた。

とっさに離れようとしたイリュシアの身体を、背にまわされた腕が阻《はば》む。離すものかとばかり力を込められる。

「セレ……ッ」

イリュシアの声に、容赦《ようしゃ》のない罵声《ばせい》が重なった。

「その手を離せ、下郎《げろう》が！」

舞台上へ駆《か》けあがってきたエレクテウスは、二人の間に手を差し入れて力任せに引き離し、セレスを突き飛ばすようにして距離を取らせた後、イリュシアを背にかばう。

「この方をいったいどなただと……！」

「エレクテウス、やめて。彼は――」

「貴女もです、姫！」

イリュシアがなだめようとすると、彼は即座にふり返った。

「こんな夜中に殿舎を出られるお姿を拝見して、気になってついてきてみれば！」

エレクテウスは混乱し、興奮しているようだった。

成人の儀を間近にひかえた聖巫女の、こんな光景を目にしてしまったのだ。それもしかたがない。

イリュシアは自らの動揺を押し殺し、なんとか平静な声で応じる。

「落ち着いて。話を聞いて……っ」

「落ち着けるはずがありません。いったい何をなさっていたのです⁉　成人の儀も終えていない身で、聖婚の場でもないところで、神官でもない男と！」

「エレクテウス！」

声を張り上げると、少年は激昂《げっこう》の冷めやらぬ様子ながらも口を閉ざした。そして厳しい表情でふたたび前を向き、セレスと向かい合う。

心配ないと伝えようとして、イリュシアは目の前の細い肩にそっと両手を置いた。

それを目にしたセレスが、不快そうにぴくりと眉を上げる。その拍子《ひょうし》に目が合い、責めるような眼差しに胸が痛んだ。

「……彼はベリト神の遣いです。アシタロテ神殿の様子を大神にお伝えするのが役目なの」

静かに告げたものの、エレクテウスは背中を向けたまま不信も露わに返してきた。

「神の遣い？　この男が？　ばかな！」

「ありうることよ。知っているでしょう？　エレクテウス」

神々は天上の世界に退屈すると、ふらりと人の世界に降りてくる。神話には頻繁《ひんぱん》に、そういった神々が地上の人間を気に入り、天上に連れ帰る記述があった。またいまでも時折そうしたことが起きる。

神殿の外の世界では一笑に付されるかもしれないが、神職《しんしょく》に就く者であれば充分信じるに値《あたい》する話だ。

しかしエレクテウスは、かたくなに首を振った。

「神の遣いを否定するわけではありません。ですがこの男はちがう」

吐《は》き捨てるように言い、彼はセレスに侮蔑《ぶべつ》のこもった言葉をぶつける。

「恥知らずな嘘つきめ！　その穢《けが》れた手でよくもこの人にふれたな」

「エレクテウス、やめてちょうだい」

「貴女も真相を知れば、落ち着いてはいられないでしょう」

「え？」

「やめろ……！」

そのとき初めてセレスが、顔をゆがめて制止の声を上げる。しかしエレクテウスは一顧《いっこ》だにすることなく続けた。

「神の遣いなんてとんでもない。オレはこの男を王宮で目にしたことがあります。この男はセレクティオン。ミラサ家当主の嫡男《ちゃくなん》です」

「……え？」

「イロノスを王位に就けるため奔走《ほんそう》し、その功をもって現在の宮廷で筆頭貴族とされている、あのミラサ家の跡取り息子ですよ」

2章　執愛は忍び寄り

夢の時間は無惨《むざん》に破れ、無情な現実がどっと襲いかかってきた。

己《おのれ》の浅薄《せんぱく》さの報いとして、イリュシアはそれをしっかり受け止めようと、心に決めた。

これまで意識したことはなかったが、神殿《しんでん》暮らしというのは、こういう状況において誠《まこと》に都合がいい。なにしろ閉じこもろうと思えばいくらでもそうできるのだから。

元より世間から隔絶《かくぜつ》されている上、聖巫女《せいみこ》の殿舎《でんしゃ》のある場所は、神官《しんかん》や巫女の殿舎の中でも非常に奥まっている。そのため、人目につかずにやってくることはほぼ不可能で、目についた人間は誰にせよ遠ざけるよう、部屋付きの巫女たちに言いつけてある。

そしてイリュシアは、自分の日常の用事すら、望めば人に任せることのできる立場にある。

よってそれから三日ほど、イリュシアは部屋から一歩も出ずに過ごした。

寝椅子《クリネー》に横たわり、日がな一日考え事をする。……いくら考えても事実が変わることはないけれど。

（だまされていた）

結局はそういうことだ。

セレス――否《いな》、セレクティオンは、イリュシアの父である先王と事あるごとに対立してきたイロノス王の腹心として知られているミラサ家当主の息子だった。

その彼が素性《すじょう》を隠し、ひと月に一度の頻度《ひんど》で神殿に潜り込んできていた。その行いに悪い目的がなかったとは思えない。あげくイリュシアを切なげな眼差《まなざ》しで見つめ、甘い言葉をささやき続けてきたとは。

（なんて愚《おろ》かな……）

もちろん自分のことだ。いとも簡単にそのような策謀《さくぼう》に引っかかってしまうだなんて。

『色恋に長《た》けた者であれば、男に慣れていない女をだますなんて容易《たやす》いものです』

落ち込むイリュシアに追い打ちをかけるように、エレクテウスはそう言った。恋をしているふりくらい、いくらでもできると。

それでなくてもセレクティオンは、その美貌《びぼう》により王宮では数々の浮き名を流してきたのだという。世間知らずのイリュシアを欺《あざむ》くくらい、造作《ぞうさ》もなかったというわけだ。

狙いはもちろん、イリュシアの評判に泥を塗ることだろう。クレイトスの娘を虜《とりこ》にし、操《みさお》を奪えと――神を畏《おそ》れぬイロノスが命じたにちがいない。そうすればイリュシアの名誉《めいよ》は地に落ち、結果、先王を慕う者達のよりどころを貶《おとし》め、士気を削《そ》ぐことになる。

真相を知った後は、彼への怒りよりも、愚かな自分を恥じる気持ちの方を強く感じた。そして時折悲しみが、さざ波のように襲ってくる。

気持ちの整理がつかないまま二日を過ごした。三日目に入り、ようやく落ち着いてきたところだ。それでも憂鬱《ゆううつ》なことに変わりはない。

ため息をつくイリュシアへ、側にいた巫女がおそるおそる声をかけてくる。

「あの……イリュシア様、もしかしてエレクテウスと、その……何か――」

「え?」

聞き返してから、その意図に思い至る。

いまとなっては思い出したくもないあの夜。石舞台の上から走って逃げ出したイリュシアを、エレクテウスが追いかけてきた。そしてそのまま、この殿舎まで付き添ってくれたのだ。

当然部屋付きの巫女たちはそれを目にしたわけで、二人の間に何かがあったと勘ちがいしているのかもしれない。

イリュシアは苦笑して首をふる。

「いいえ。そうではありません。彼とは何もないわ」

「安心しました」

そう言って笑い、相手は取りつくろうように続けた。

「あ……いえ、神官や巫女の中には、成人の儀《ぎ》の前に愛の行為を経験してしまう者も多いのですが、やはり聖巫女は特別といいますか……」

と、別の巫女が口をはさんでくる。

「ほら、だから言ったじゃない。――イリュシア様、わたしは皆にちゃんと申しておりましたわ。高潔《こうけつ》なイリュシア様にかぎって、そんなことあるはずがないと」

その言に、イリュシアはほほ笑みをこわばらせた。

もちろんエレクテウスとの間には何もない。だがあの夜、彼が来てくれなければ、セレクテイオンとどうなっていたことか。

（……あの口づけの時に、動けなかったのはなぜ……？）

彼の言動はすべて、まるで神秘的な力が働いているかのように特別に感じてしまう。

そう……イリュシアにとって、初めて目にした時から彼は常にどこか特別だった。相対していると、なぜかいつもの自分でいられなくなってしまうのだ。

（でも……とにかく、取り返しのつかないような事態にならずにすんで、本当によかった）

いまだ痛むままの胸をおさえ、そっと目を閉じる。

バカな子供であった自分とは決別しなければならない。これからはもっと立場を自覚して、慎重《しんちょう》にふるまわなければ。

そういう意味で、今回のことはいい教訓になった。そう思うことにしよう。

一連のことは、立派な聖巫女となるために必要な経験だった。聖巫女でありながら、ひとりの男に心を揺らしたイリュシアに対する、女神からの罰《ばつ》であったのかもしれない。

（そうよ、きっとそうだわ……）

あれ以降も、セレクティオンは懲《こ》りずに手紙を送ってよこし、あるいは神殿長を通して面会を求め、贈り物をしてきているという。

巫女達からそう聞かされ、あきれてしまった。そんなことでまだイリュシアを謀《たばか》ることができると信じているのだとすれば、今度は彼が愚か者とそしられる番である。

もちろん神殿長は、聖巫女を世俗にさらしてはならないというしきたりに従い、それらの求めをすべて丁重に断っている。巫女たちもそれを疑問に思うことはない。

「いくら名家の御曹司《おんぞうし》とはいえ、一介の信徒がいきなり聖巫女に会いたいなどと……。王宮の方は神殿の権威を何だと思っているのかしら。まったく身のほど知らずもいいところ」

「おおかた世間の評判を耳にして、好奇心にでもかられたのでしょう」

「そして拒《こば》まれたことで自尊心を傷つけられ、ムキになっているのですわ、きっと」

軽んじられたと感じているのか、口々にそんなことを言う巫女たちを、イリュシアは鷹揚《おうよう》にたしなめた。

「放っておきなさい」

神殿の者達がイリュシアとエレクテウスの仲に目をつぶるのは、彼が神官だからだ。褒《ほ》められたことではないが、仮に二人が聖婚《せいこん》でない形で一線を越えたとしても、女神の掟《おきて》に背くことにはならない。

だが相手が一般の信徒だとすれば事情はちがう。どれだけ身分の高い相手だろうと、聖巫女が神殿以外の人間と関わるなど論外だった。

信仰の要《かなめ》としての聖性を保つため、女神の娘は、それだけ特別な神威《しんい》で守られていなければならない。聖域《せいいき》に踏み入るような行為は、たとえ国王その人であろうと、決して許されることではないのである。

その夜――就寝した後、イリュシアはふと、何かの予感を感じて目を覚ました。

耳を澄ましても、聞こえてくるのは風の音だけ。特に何かが起きるというふうでもないが、いつもとちがうという感覚が、どこかに確かにある。

なんだろう？

身体《からだ》を起こそうとして、イリュシアは手に力が入らないことに気づいた。

（――え？）

手だけではない。目は覚めているのに、身体がうまく動かない。全身が寝台に張り付いてしまったかのようだ。

（なに、これ――……）

疑念に応えるように、ふいに間近で声が響いた。

「ご気分はいかがですか」

ここで聞くはずのない声に、心臓がぎくりとこわばる。

「……――セレ、ス……!?」

「すてきな夜ですね。満月ではありませんが」

「……どうやって――……」

「恋の翼に乗ってやってまいりました」

彼は麗《うるわ》しい面差《おもざ》しに、くすりと笑みを浮かべる。

「そのように驚かれなくても。――夢。これは夢なのですよ」

「夢……?」

「現実の世界ではどうあっても近づけないようでしたので、思い焦《こ》がれて、こうして貴女《あなた》の夢の中に押しかけてしまいました」

(夢? 本当に……?)

身体は動かなくても、敷布《しきふ》の感触はきちんとある。天井も寝具も、はっきりと目に映っている。

何より寝台の端《はし》に座り、悠然《ゆうぜん》とこちらを見下ろす彼の姿が。

貝紫染めの優美な外衣《ヒマティオン》のおかげで闇に溶け込むかのようであるが、日焼けを知らない秀麗《しゅうれい》な白い面《おもて》は見まちがえようがない。

「貴女が誤解をされているようでしたので、それを解きにまいりました」

　不安を込めて見上げるイリュシアの頬《ほお》に、すいとのばしてきた白い手で軽くふれ、彼は愛《いと》しげに目を細めた。

「あの時、無粋にも我々の時間を邪魔《じゃま》した小うるさい神官が、私に関することをねじ曲げて貴女に伝えたのでしょう？　そして貴女は彼の言葉だけを信じた。……ちがいますか？」

「い……」

　うまく動かない喉《のど》から、無理やり声をしぼり出す。

「いますぐ、ここから……立ち去りなさい……」

　同時に、いままで感じたことがないほどの強い怒りを感じた。

　あのようにイリュシアの心を踏みにじっておきながら、まだ足りないというのだろうか。

　ようやく気持ちの整理がついたところだというのに、なぜふたたびかき乱すような、心ない真似をするのだろう。

「出ていって……っ」

　必死に言うと、彼は痛みをこらえるように、わずかに眉根《まゆね》を寄せた。しかしすぐに、それを隠すように表情を改める。

「……せっかく手を尽くしてここまで来たのです。つれないことをおっしゃいますな」

「あなたと、話すことなど、何も……」

「貴女にはなくても、私にはあります」

彼は語調を強めた。

「二年間、貴女をだましてきたとお思いなのでしょう？　それはひどい誤解です」

彼は横たわったままのイリュシアの髪の毛を一房、指に巻きつけて持ち上げる。

「私は二年前、月の下で貴女をひと目見た瞬間に心を奪われてしまいました。それからずっと貴女を心よりお慕いしてきたのです。イリュシア様……」

「嘘よ」

「嘘ではありません。あの時、あの場にいたのは確かに、陛下《へいか》に命じられてこの神殿の内情を探るためでした。ですが貴女に出会い、私は心を変えたのです」

指で持ち上げたイリュシアの髪の毛に、彼は切なげに口づけてきた。

「この二年間、陛下の密偵《みってい》として『神殿にも聖巫女にも変化の兆しなし』と報告を続けてまいりました。密偵の役目を辞退《じたい》しなかったのは、いざ何かが起きた際、いち早く気づいて貴女の力になりたかったからです」

真摯《しんし》な言葉に、イリュシアは首をふった。

いまさらそんな物言いにだまされるものか。いかにも恋をしていると言わんばかりの、わざとらしい芝居《しばい》にまどわされるものか……！

怒りがある。けれど、それを押しのけて彼の言動を信じたいと願ってしまう心が、またしても形を取り始め、懲りない自分にも苛立《いらだ》った。

こんな気持ちを味わわせる相手へ、恨《うら》みを込めて首をふる。

「嘘だわ――」

「嘘ではありません」

即座に否定し、セレクティオンは身を乗り出してきた。寝ているイリュシアの頭の両脇に手を置き、間近から見下ろしてくる。

「素性を隠していたのは、明かせば貴女に拒まれると思っていたからです。月に一度、どうしても貴女に会いたかった。敵ではなく、神に忠実な者同士として気の置けない時間を過ごしたかったのです」

必死に言葉を紡《つむ》ぐ表情に胸をつかれた。だまされるものかと思いつつも、気づけば心を揺さぶられてしまう。

（身体が動けば……）

思い通りに動けるなら、両手で耳をふさぎ、あるいは彼を突き飛ばして逃げることもできるのに。

「いま申し上げたことが、嘘偽《いつわ》りなく私の真実です。どうか信じてください」

懇願《こんがん》にも、かたくなに首をふる。

（信じて、ですって……？）

この二年間ずっと欺いていたと、たったいま自分で認めておきながら、どの口でそんなことを言うのか。

「私が……あなたの言葉を、信じることは、二度とないわ……」

「イリュシア様」

「出て行って……」

「イリュシア様……！」

続く拒絶に、セレクティオンは美しい面差しを苦しげにゆがめた。思わずという態《てい》で横たわるイリュシアの身体に両手をのばし、抱き起こすようにしてかき抱く。そして語調にさらなる熱を込めた。

「何度でも申し上げます。私の貴女への想いは真実です。会うことがかなわぬと知って、こんなところまでやってきてしまうほど——我を忘れてしまうほどに貴女を愛しているのです、私の女神……！」

力が入らない状態で半身を起こされ、イリュシアはセレクティオンに寄りかかるしかない。きつく抱きしめられ、いままでになく密着した身体の感触と、強い鼓動《こどう》と、麝香草《タイム》の香りにあえぐ。

ふいのことに胸がさわぎ出し、逃れようと顔を背《そむ》けた。

「は、なして……っ」

「どうしても許せぬというのであれば、償《つぐな》いをさせてください。何でもします。どんなものでも差し上げます。どうか望みをおっしゃってください」

「望みなど……」

「お願いです。私から貴女を取り上げないでください……！」

熱い腕でイリュシアを強く抱きしめ、彼は魂《たましい》を吐《は》き出すようにくるおしく言い募《つの》る。まるでそれだけが真実ででもあるかのように。

（バカな――……）

そうふるまえば、また欺くことができるとでも思っているのだろうか。

人の真実などそう容易にはつかめない。二年もかけて、そのことを教えてくれたのは、他でもない彼自身だというのに。

泣きたい思いで、イリュシアはただ首をふり続けた。許されたわずかな自由でどこまでも彼を拒む。

「あなたは確かに、間諜《かんちょう》に向いています……。嘘と分かっていても、……なおだまされそうになる……」

「イリュシア様……っ」

「あなたのことは……、女神の訓戒《くんかい》だった、のだと思います。……この先、聖巫女としての立場を、ゆめ忘れぬようにと……」

「イリュ――」

「わたくしが軽率《けいそつ》でした……」

彼の存在を閉め出すように言い、涙のにじみそうな瞳を閉じた。

「……去りなさい」

とたん、イリュシアの身体を強く抱きしめていた彼の腕から力が抜ける。背中を支えるようにして、彼はゆっくりと腕の中の身体を寝台の上に横たえた。

慣れた敷布の感触に安堵《あんど》する。

（よかった――……）

ようやくあきらめてくれた。そんな思いに息をつく。が。

ふいに肩口にひやりとした空気を感じ、イリュシアは閉ざしていた目を緩慢《かんまん》に開いた。そして視界に飛び込んできた光景に、目を見張る。

「な……っ」

セレクティオンは、両肩で結ばれていたイリュシアの夜着《よぎ》の端をほどき、胸元をはだけさせていた。

驚愕《きょうがく》の眼差しを向けると、彼は美しい面に不穏《ふおん》な微笑《びしょう》を浮かべる。

「どうやら貴女は交渉事《こうしょう》に向いてはいないようですね。こういう状況を切り抜ける一番の方法は、次があるように期待をもたせて追い払い、すぐさま警備を強化することです。決して相手の希望を完全に絶ってはなりません。そんなことをすれば――」

　含みを持たせて言葉を切り、彼は筒型に縫《ぬ》われた薄絹の夜着をつかむや、腹部のあたりまでするりと下ろした。

「何をしてもダメなら、いっそやりたいようにしてしまおうかと、相手を開き直らせてしまいかねませんから」

　みるみるうちに肩どころか胸元までが露わになってしまう。

「や……やめ――」

　動揺して止めようとするものの、相変わらず身体が動かない。そうしている間にも、彼は簡単な作りの夜着を、臀部《でんぶ》からも、脚からも、慣れた手つきでするすると引き抜いてしまう。

「だめ……っ」

　あっという間の出来事だった。気がつけば、イリュシアは寝台の上で生まれたままの姿にされている。

　くしゃくしゃになった夜着を寝台の外に放り投げたセレクティオンは、悪びれる様子もなく、陶然《とうぜん》とこちらを見下ろしてきた。

「これは……なんという――……」

「……いや……」

（――まさか、そんな……っ）

身を隠そうと、必死に腕を持ち上げようとするものの、ぴくりとわずかに揺れた程度。

混乱と動揺を察したのか、彼はひどく優しげな笑みを浮かべつつ、片手をのばしてイリュシアの頬に添える。

「動こうとしても無駄《むだ》です。そして睦言《むつごと》のように甘くささやいた。時間がたてば元通りになります」

「なに、を……」

「我が家の当主が悪事を働く際に利用する薬を、少し失敬《しっけい》して貴女の飲み物に忍ばせてみました」

「——……!?」

さらりと言われたことに目を瞠《みは》る。

やはり夢などではなかった。

ここまで入り込むのに、彼は卑劣《ひれつ》きわまりない方法を取ったのだ。しかしそんなことをして、殿舎の入口や居間に控えている巫女たちがだまっているはずがない。

そこまで考えて、ハッと隣の部屋に視線を転じる。

「巫女たち、は……?」

「心配ありません。貴女とはちがう薬を一服盛って、休んでいただいているだけです」

「なんという、ことを……っ」

しーっ。

全裸で横たわるイリュシアを眺めていた彼は、声を振りしぼるイリュシアをなだめるようにささやき、やがて悠然と覆《おお》いかぶさってきた。

「やはり思っていた通り女神像のように麗しい——いえ、それ以上です」

つ……と長い人差し指が、胸のふくらみの輪郭《りんかく》をたどる。小さく息を呑《の》むこちらの反応を楽しむように、手のひらがゆっくりとそれを包み込んできた。

異性の手でそこをふれられているというだけで、ひどくいけない気分になってくるのに、彼はさらにやんわりと力を込めてつかみ、そして平らかな頂《いただき》を、指の腹でこするように刺激してくる。

「……や……っ」

大きな手がやんわりとふくらみを押しまわすうち、肌が粟立《あわだ》ち、さざめきが胸の先に伝わって、そこを硬くさせるのがわかった。時折手のひらにこすれると、鈍い疼《うず》きが生じて息が乱れる。

「……っ、——……」

「アシタロテ神殿の巫女は皆、蜜蠟《みつろう》と香油《こうゆ》を使い、全身の体毛を取り除いてしまうそうですね」

「——」

イリュシアの肌に目を落とし、彼がつぶやく。

それは市井《しせい》の人々と一線を画す、聖性を演出するためのしきたりだった。そして処理をくり返すうち、体毛は次第に生えてこなくなる。

イリュシアの身体にも、いまでは髪の毛以外、一本も見当たらない。

石膏《せっこう》のようにどこまでも白くなめらかな肌に顔を近づけ、彼はうっとりと言った。

「吸い付くような肌ざわりも、やわらかさも、一点だけ鮮《あざ》やかなこの薄紅色《うすべに》も、彫像《ちょうぞう》などとは比べものにならない。……この世のものとも思えぬ美しさだ――……」

感じ入ったように情熱的にささやき、彼は窓から差し込むわずかな月明かりを頼りに、イリュシアの身体の線を視線でなぞる。

見るだけではあきたらず、やがて両の手のひらをすべらせてじっくりと腰のくびれをなで下ろし、また胸へと戻ってくる。指先で戯《たわむ》れに腋の下をくすぐられた瞬間、イリュシアの喉がひゅっ、と音を立てて息を呑んだ。すると。

「あぁ……ここですか？」

いいものを見つけたとばかり、彼は声を弾ませて、くるくると指で同じ場所を刺激してくる。

こらえきれないくすぐったさに、イリュシアは肩をふるわせた。

「やっ、やめて……！」

身をよじることすらできないいまは、刺激から逃げることもままならない。

「ひどいわ……」

やはりイリュシアを愛しているなど嘘。結局は言いくるめて、こうすることが目的だったのだ。

「……こんな人だとは、……思わなかった……っ」

荒い息の合間《あいま》に訴えると、彼は笑みを浮かべていた顔をふと改め、さみしげに訊《たず》ねてきた。

「ではじめにミラサ家の一員を名乗り、正式に面会を申し込んでいたとして、お会いしていただけましたか？」

「それは……」

会えたはずがない。そもそも聖巫女は、よほどの理由がない限り世俗の人間とは顔を合わせないものである。その上、イロノスの側近で知られる家の名を耳にしただけで、イリュシアはいくらでも断る口実を探しただろうから。

「……この世には……、どうしてもかなわぬことがあるものです……」

乱れる息を呑み込み、うるんだ瞳を揺らして言うと、彼はイリュシアに覆いかぶさったままの状態でうなだれ、押し殺した声で感情を爆発させた。

「では私のこの気持ちを――身を焼き尽くす想いを、どうすればよかったのですか！」

目の当たりにした激情におののいて息を詰める。

大の男が、こんなふうに感情を露《あら》わにするところなど見たことがない。けれど、ひるんで縮まろうとした自分を、負けん気の強いもうひとりの自分が叱咤《しった》した。

怯《おび》える姿を見せまいと、震える声をしぼり出す。

「あ……きらめる、しか……」

「あなたは残酷《ざんこく》な方だ。……いえ、処女《おとめ》とはそういうものなのかもしれませんね。男の情炎の激しさを知らず、あきらめろなどと簡単に言う」

顔を上げたセレクティオンは、切実な眼差しでこちらを見据えながら、かきむしるように自分の衣服の胸のあたりをつかむ。

「この想いをなかったことになどさせません！　いままさにここに息づき、鼓動を刻み、時がたつほどに煮詰まりながら、解放される時をひたすらに待ち焦がれているのですから」

「そんなこと……っ」

「愛の真実を示せとおっしゃいましたね。この二年間、貴女に手を出さなかったことが何よりの証《あかし》です。あのような夜半に、人気のないところで二人きり……貴女を自分のものにしてしまおうと思えば容易でした。実際、話をしている間にも、この白い肌を食《は》み、快楽の源を舐《な》めしゃぶってむせび啼《な》かせ、己のものを突き立てる様を幾度も夢想《むそう》した。けれど実際にはそうしなかった。貴女を愛していたからです……！」

「いや……」

並べ立てられる淫《みだ》らな言葉に顔が熱くなった。

あの静謐《せいひつ》な時間に、そんなことを考えていただなんて。

「信じ、られない……っ」

「軽蔑《けいべつ》されたくありませんでした。そしてそれ以上に、禁忌《きんき》を犯《おか》したことで苦しむ貴女の姿を見たくなかった。貴女を苦しめたくなかったのです。だからいつも戯れにとどめておりました──」

「──……」

「ですがこうなったら遠慮《えんりょ》はしません」

大波のように押し寄せる告白に呑まれ、二の句を告げられずにいると、彼はイリュシアの肌を味わうように這《は》わせていた両手に力を込める。

ゆっくりと……けれど遠慮のかけらもない手つきで、イリュシアの脇腹から胸までをなで上げ、たどり着いた先にあるふくらみを、彼は大きく力強い手のひらですっぽりと包み込んだ。

「過去のことと忘れ去られるくらいなら、嫌われ、軽蔑されても貴女に私を刻みつけてみせる」

手のひらから余る大きさのそれを、ゆるりゆるりと捏《こ》ねまわし、彼はやわらかさを確かめるようにそこに頬を押し当ててきた。

「あ……や……」

あの『セレス』の頬の感触を、自分の胸でとらえる事態に、顔が一気に熱くなる。

「いや──……っ」

「何の関係もないと思われるくらいなら、恨まれ、憎《にく》まれてでも貴女を私のものにしてしまう方が、はるかにマシだ」

胸の谷間にぬれた吐息《といき》がかかる。そして刺激にとがった先端《せんたん》の横に、彼は口づけてきた。

「……は……、う……」

小さな突起には決してふれず、くちびるはその周りばかりをやわやわとたどり、舌先でくすぐるように舐める。

熱くぬめる感触は初めて知るもので、その淫靡《いんび》な刺激に、頂はさらに硬く凝《しこ》っていく。けれどくちびるも舌も、決してそこにはふれなかった。

「内衣《キトン》の上からも分かるほどでしたが、やはり期待通り。椰子《やし》の実のように豊かな胸だ」

早鐘《はやがね》のように高く鳴る鼓動に、白いふくらみがふるふると揺れているのを、彼は目で楽しんでいるようだ。

「白絹《しらきぬ》の衣は、身体の線をあますところなく見せてしまいます」

片手で柔肉《やわにく》を揉《も》みしだき、もう片方の先端の縁《ふち》ばかりを執拗《しつよう》に舌先で刺激しながら、時折気まぐれにささやく。

「二年間、満月の光の下でじっくり観察しておりましたので、ほっそりした身体つきに見合わず、この部分だけとても恵まれていることは分かっていました」

胸など、普段は存在を思い出しもしないような部分だ。なのにいまは張り詰めたように肌が敏感になり、手につかまれている側はじんじんと甘く疼《じ》いている。そして控えめな口淫《こういん》にさらされている側は、ささいな愛撫《あいぶ》を続けられるうち、焦れるような、むずむずとした感覚が這い上がり耐えがたくなってきた。

「や、そこ……ばっかり――……あっ……」

ふれられてもいない頂が、なぜかちりちりと痛むほど勃《た》ち上がっている。経験のないイリュシアにも、そこが悪戯《いたずら》な舌先にいじられるのを望んでいることが、何となくわかってしまう。

と、しつこく周囲をねぶっていた舌が離れ、頂にふーっと息を吹きかけた。とたん、上体の肌がいっせいにざわりと粟立つ。

「あっ、だ――、だめ……っ」

「大きい胸は感じにくいと言われていますが、大丈夫。羽毛でなでられても感じるまでに、私が仕込んで差し上げましょう」

意地悪くほほ笑むや、彼は堅く尖《とが》りすぎた突起をおもむろに口に含む。

「きゃぁっ」

それまで焦らされていたのが嘘のように、ざらりとぬめる舌で胸の頂を舐め転がされ、そこから発する熱と、ひどく淫らな感触に、身体が引きつるのを止められなくなった。

反対側のふくらみを捏ねる手つきにもいよいよ力が入り、指先で突起をつまみ上げられるたび、張り詰めた肌がぞくぞくと粟立つ。

と、ねっとりとしゃぶられていた先端が、ある瞬間、きつく吸い上げられた。

「あ……いやぁっ……！」

双方に加えられたひときわ強い刺激に、ぶるりと大きく身体が震えてしまう。背筋《せすじ》をしならせるようにして、突然襲いかかってきた愉悦《ゆえつ》の大波に耐えるイリュシアを、彼は笑みを含んだ声音で揶揄《やゆ》した。

「もう？　……少しいじっただけだというのに。仕込むまでもなさそうですね。実に敏感な胸でいらっしゃる」

「――っ……」

荒い息に胸を上下させるイリュシアは、それに応えることができない。呼吸が苦しいからというだけでなく、いま自分の身に起きたことに、衝撃《しょうげき》を受けていたからだ。

ぼう然とするこちらに、彼は薄茶色の瞳を和《なご》ませる。

「達してしまわれたのでしょう？　――初めてで、お分かりにならないのですね。可愛《かわい》らしい……」

「達して……？」

「気持ちよくなりすぎて意識が飛んでしまうことを、達するというのです。いま貴女が味わったものです」

その言葉にイリュシアは驚愕した。

愛の行為の最中に起きるその現象については、これまでに幾度も周囲の女達から聞いてきた。なんでも淫らな人間であればあるほど、そうなりやすいのだとか――

「初めてで、しかも胸を吸われただけで達ってしまうとは、貴女は快楽に溺《おぼ》れる素質があるようですね」

「わ、わたくし、そんなこと……っ」

はしたないと言われたも同然の事態にうろたえ、否定するこちらに向けて、彼はくちびるに薄い笑みを刷《は》く。

「では確かめてみましょうか。……達すると、女性はここが蜜《みつ》をこぼすものです」

「え……？」

見下ろしてくる瞳は、両脚の付け根に注がれていた。

「身体に負担をかけずに男を受け入れるため、そういう仕組みになっているのです」

「——……」

そういえば、そこは先ほどから何やら湿《しめ》っている感じがする。覚えのない感覚に、ふと不安に顔が曇る。

それを目にして、セレクティオンは笑みを深めた。

「私の手にいじられて何も感じないのであれば、ここは冷たく乾いているはずです。先ほど貴女が私を拒んだ時のままに」

「そんな——」

「私に胸を弄《もてあそ》ばれて、ここがどうなったのか見てみましょう。そうすれば貴女も納得するはずだ」

「いや……っ」

「恥じることはありません。これこそが歓《よろこ》び——女神の賜物《たまもの》なのですから。感謝して味わい、愉《たの》しめばいいのです」

「いやです。……わたくし——」

思いがけない成り行きにひどく動揺し、うわずった声で応じる。もし身体が自由に動いたのなら、大きく首を横にふっていただろう。

自分のこんな姿を誰にも知られたくない。ずっと高潔に振る舞ってきた自分が、そのように淫蕩《いんとう》な身体だと知れば、きっと皆あきれて失望してしまうにちがいない。

そう言うと、彼はくすりと笑った。

「そんなことにはなりません。第一に、愛の行為において頂を極めるとき、人は皆同じような状態になりますから。第二に——」

そろえて投げ出されていたイリュシアの膝裏《ひざうら》に手をかけ、彼はすくいあげるようにしてそれを立たせる。

「貴女のこのような姿を見るのは、この先も私だけ。ですから他の人間に知られることはありません。どうかご安心ください」

イリュシアの足下に場所を移し、彼はぴったりとくっついた両膝に手をかけた。そして両膝を割り、脚を開かせようとする。

「ですが私には見せていただきます。貴女の恥ずかしい姿も、貴女自身が知らない箇所《かしょ》までも、あますところなく、すべて――」

「あ――や、やめて、……そんな……っ」

悲痛な声を上げて制止するも、イリュシアの両脚を割り開く彼の手が止まることはなかった。敷布に付くほどまでに大きく広げられ、イリュシアの目が助けを求めてさまよう。

「――やぁ……っ」

あらぬところでひんやりとした空気を感じ、相手の言うとおり、そこがひどくぬれていることが分かった。

そこをのぞきこみ、彼はフッと笑う。

「やはり貴女には、人より快楽を感じ取る才能がおありのようだ。初めてで、敷布までしたたるほど濡らしておられるとは」

感心するような口ぶりに、それがどうしようもなく淫猥《いんわい》な事のように思われ、カァア……ッと顔が熱くなった。自分をだました男――おまけにいまは軽蔑している相手にふれられて、そんなふうになってしまうだなんて。

「……見、ないで……」

羞恥《しゅうち》とくやしさの涙がにじみ、目がうるむ。

「淫《みだ》らなのは……、卑劣な真似をする……、あなたの方です……」

気丈《きじょう》に言って見据えると、彼は酷薄《こくはく》な笑みを返してきた。

「何とでもおっしゃるといい。いずれにせよ、今宵《こよい》貴女が私の手管《てくだ》にむせび泣くことに変わりはないのですから」

濡れた秘裂《ひれつ》を指が伝い、くちゅり、と音がする。

「……あ……っ」

思いがけないところに異物を感じ、そのくすぐったい感触に声がもれた。と、遊ぶように動いていた指が、奥の方で円を描く。

「……あ、ん……っ」

「ここが蜜口《みつくち》——男のものを受け入れる箇所です。そして……」

つつつ……と、指が前方へ移動する。

「ここの突起が、女性の官能《かんのう》の源」

「ひ……ぅ……っ」

指先でそれをすうっとなで上げられ、イリュシアはびくりと上体を引きつらせた。

「ここをいじられると、女は例外なく感じてしまいます」

言いながら、彼は奥の方でにじんだ蜜をそこにまぶし、ぬるりぬるりと捏ねまわす。そのたび、震えるような快感にビクビクと腰が跳ねてしまう。

「あ……やぁっ……」

自分の意志では動かない身体が、彼の思うままにもだえ、かつ想像もしなかった悦楽《えつらく》を送り込んでくることに戸惑うばかり。

指の腹で秘玉《ひぎょく》を捏ねられ、ぞくぞくと背筋を這う甘やかな痺《しび》れに、イリュシアは大きく開かれたままの内股《うちまた》をふるわせた。

力を込めると、奥の方でさらに蜜があふれる。

「だめ、……も、……さわっちゃ……っ」

「気持ちいいのですね」

「んっ。……そ、んなわけ、ない……！」

反論に、彼は薄く笑み、新たにあふれた蜜をすくった指で、秘玉をくにくにとつまんで転がした。

「ですがここはとても悦《よろこ》んでいますよ。ほら――」

「ひっ、……ぁ……あ、あぁっ……」

びくびくとふるえる脚が、彼の身体をはさみつける。内股の素肌にふれる、彼の衣服の感触がなまめかしい。

薄闇《うすやみ》に揺れる自分の脚の間で、彼は快感にむせぶイリュシアをじっと見つめていた。それがいっそう羞恥を募らせる。

(見ないで――)

そう思った矢先、不埒《ふらち》な指が蜜をあふれさせる箇所に、ぬぷりと押し入ってきた。

「あ……っ」

ゆっくりと中に入ってきた指は、様子を探るように、ぐるりとそこをかきまわす。

「あぁ……、蜜であふれてとてもやわらかくなっていますね」

一人悦《えつ》に入ったようにつぶやくと、彼は、自分の内部でうごめく異物感に硬直しているイリユシアを尻目《しりめ》に、もう一本指を増やしてきた。

「はぁ……う……っ」

「色っぽい声を出して。私の指がお気に召しましたか？」

最初は圧迫感を感じたそれも、ゆるりゆるりと動かされているうち、中になじんでくる。こわばりがなくなったことを察すると、長い指は二本そろえて大きく蜜壺《みつつぼ》をかきまわし始めた。

ぐちゅぐちゅと音を立てて内壁《うちへき》をこすられると、身体が浮き上がるような愉悦がこみ上げ、自然に腰が揺れてしまう。

「やぁっ……、な……なぜ？　いや……、いやぁ……っ」

身体の反応に気持ちが追いつかずにいる間に、親指で花芯《かしん》をくりくりと押しつぶされ、嬌声《きょうせい》はいっそう高くなった。

激しい喜悦《きえつ》が下肢《かし》からせり上がってくる。おまけに耳をふさぎたくなるほど、ぐちゅぐちゅと恥ずかしい音がする。

頭に血が昇りすぎてめまいがしそうだ。

「やめてっ……、あぁ、……もう……、あ……、いじら、ないで……っ」

必死の懇願《こんがん》に、彼はぺろりとくちびるを舐め、「それもそうですね」と応じた。

「確かに、他にも責める場所はありますからね」

そして蜜壺に指を入れたまま身を乗り出し、イリュシアの腋の下にねろりと舌を這わせる。

「あぁぁ……っ」

くすぐったさに蜜壺がきゅぅっとしまり、中の指を締めつけるのを感じた。ずくずくと抜き挿《さ》しをしてそれを確かめながら、彼が満足そうにつぶやく。

「やはりここは貴女の弱点なのですね。もっと舐めさせてください」

「やぁ、そんな……、とこ、やっ……あ……はぁっ……」

ねっとりと蠢《うごめ》く感触に敏感な箇所をねぶられ、下肢の奥が疼いた。ぬれた舌をくり返しひらめかせ、彼は弱いところばかりを執拗に、そして的確に責めてくる。

慣れない上に身動きの取れないイリュシアは、なすすべもなく、もたらされる甘美《かんび》な衝動に大きく身もだえた。蜜壺が、中のものをきつくしゃぶりながら、とめどなく蜜をあふれさせているのが分かる。

そして彼の二本の指は、どうやらその締めつけを味わっているようだった。

「あぁあ……っ、だ、だめ……っ——あぁっ……」

「おいやですか？」

しばらく嬲《なぶ》った後になって、彼はやおらイリュシアの腋から顔を上げる。

「仕方がない。今宵は我慢しましょう。もっと美味《おい》しそうな果実が、吸われるのを待っておりますし」

歌うように言い、端整な顔が、今度は胸のふくらみを口に含んできた。

「あぁっ、……いま、……舐めちゃ……あっ、ぁぁ……っ」

舌全体を使ったぬるぬるとした感触に、すっかり硬くなった頂《いただき》を舐められ、のけぞりながら胸を揺らしてしまう。結果、彼に向けて突き出すような形になったそこを、ふいに歯でしごかれた。

「やぁあっ、……だめ、それっ、……じんじんして——……」

おまけに空いている方の手が、もう片方の胸を、指が沈みこむほどの強さで揉《も》みしだいてくる。先ほどやわやわと捏ねられ、愛撫《あいぶ》の余韻《よいん》に張り詰めていたそこは、たちまち先端を硬くした。

すると、指先がその頂の粒を腹でつまみ、細かく左右に捏ねる。……反対側の頂をちゅくちゅくと吸いながら。

「ひぁぁっ……や、ぁぁ……んっ」

次々と与えられる快感に、身もだえたくなるほど恥ずかしい声が出てしまった。

両胸で発した鋭い恍惚《こうこつ》は下肢へ伝わり、お腹の奥でくすぶって、ぐつぐつと全身を淫らに熱していく。そしてその間にも、蜜口では二本の指が躍っているのだ。

「あぁん、いやぁ……っ、——あっ、それも、だめぇ……っ」

下肢をいじる手の親指が、ぬるつく花芯をぐにぐにと押しつぶした。同時に、舐められていた胸の先端のくぼみを、舌先でぐりぐりとえぐられる。

「あ、あぁぁっ……！」

一度に襲いかかってきた喜悦に、腰がびくん、びくん、と跳ねた。官能の大波に押し上げられ——るかに思えた、その寸前。無情にもセレクティオンが口淫を止め、胸から顔を上げる。

「いやらしいお顔をして。私の舌で、また達しそうになっているのですね？」

「ちが、うわ——あぁっ、ぁあぁ……！」

否定の言葉を言いかけるや否や、セレクティオンは、先端の粒を強く吸い上げてきた。同じく蜜壺をかきまわしていた二本の指が、親指にいじられていた花芯のすぐ裏側を、ぐりぐりと刺激してくる。

「あぁっ、あっ……、やぁあぁぁ……っ」

表と裏から同時にいじられ、堰《せ》き止められていた快感がドッと襲ってきた。全身を貫く絶頂に、頭の中が真っ白になり、身体をのけぞらせて爪先を丸めたまま、しばらく硬直する。

痙攣《けいれん》した蜜洞《みつどう》が、中の指を恥ずかしいほどぎゅうっと締めつけた。

「これはこれは……」

セレクティオンが、しごく愉しげにささやく。

「あふれた蜜で、私の手までこんなにぬれてしまいました……」

「や、めて……っ」

窓から差し込む月明かりに、ぬらぬらと光る手をかざす相手の神経が信じられず、イリュシアは青い瞳を涙にぬらして声を張り上げた。

「ばか……、出て行って。ひどいことばかり……！」

「ひどいこと？　こんなのは序の口です。まだまだこれからですよ」

恬《てん》として取り合わない相手を、きっとにらみつける。ありったけの非難をこめて見据えていると、彼は自嘲《じちょう》するように笑い、愛液《あいえき》のついた指でイリュシアの乳首をきつくつまんだ。

ぬるん、とした感触と共に甘い痛みが弾ける。

「あぅっ……」

「そう、私は最低な人間です。この二年間、貴女を前にして、こうしたいとばかり考えていました」

静かに告げながら、セレクティオンは自らの衣服に手をかけ、ひと息に脱ぎ捨てる。

「――……っ」

差し込む月明かりが、女のものとはちがう、引き締まった胸板を照らし出し、どきりとした。

とはいえ、そこまでは普段神々の彫像でも目にしている。

ギシ……と寝台をきしませて彼がにじり寄ってくる中、イリュシアの目線は、下半身にある猛々《たけだけ》しくいきり立ったものに釘付けになる。

（あれは――）

影になってよく見えないが、おそらくは男性のもの、だろう。

しかし男神の彫像とはまったくちがう形をしている。噂には聞いていたが、あれは――

「いや……」

欲情しているらしい、禍々《まがまが》しいその形状を目にして、ひるんだ声でつぶやいた。そして彼がここに来た目的を思い出す。

イリュシアを穢《けが》してそれを世間に公表し、聖巫女としての名誉を貶《おとし》める。反国王派の象徴となることを防ぐために。

「やめて――」

そんな理由で処女《おとめ》を奪われてしまうのかと思うと、悲しくてたまらなくなった。くやしくて、つらくて、絶望的な気分に襲われる。

「お願い……」

ふるえる声で懇願《こんがん》しながら、初めて彼に恐怖を感じた。

「お願い、奪わないで、セレス……」

青い瞳からはぽろぽろと、思い出したように、とめどなく涙がこぼれ落ちる。

「聖巫女として、人々に尽くす使命を……、父の娘として、誇りを持たせてくれる、立場を……私から取り上げないで。お願い……」

情けないとは思いつつ、ほかに方法もなく、泣いて懇願するイリュシアの前で、意外にも彼はわずかに身を引き弁解するように首を振った。

「そんなつもりはありません。イリュシア様、私は――」

それきり言葉を途切れさせる。

そのつもりはないと言っても、彼がこのことを吹聴《ふいちょう》しないという保証はない。

おまけに巫女達の規範《きはん》となるべき立場にありながら、成人の儀の前に、こんな形で純潔《じゅんけつ》を失ってしまうことも耐えがたい。

「お願い、です。どうか……」

裏切りと、不埒《ふらち》な真似とで自らを苦しめた相手への反発をねじ伏せ、イリュシアは重ねて懇願する。

涙を湛《たた》えた目で彼の慈悲《じひ》を乞《こ》うのは、ひどく屈辱《くつじょく》的なことだった。けれど操がかかっているいま、そうも言っていられない。

哀願《あいがん》をくり返すイリュシアを見下ろし、――なぜだろう。彼はひどく苦しそうに、何かをこらえる表情を浮かべた。

「……お立場を奪う気など、ありません」

先ほどまでイリュシアを嬲っていたくちびるから、彼のものとも思えないほど、力のない声がこぼれる。

「私は、ただ——貴女がほしかっただけです……」

食い入るようにこちらを見つめていた彼は、ややあって顔をしかめ、振り切るように身を起こした。

そしてイリュシアの手を取り、自身の雄茎にあてがわせる。

「なに、を……」

その意味が分からず、訊ねたこちらには応えることなく。

彼はびくびくと脈打っているそれを、イリュシアの手の上から、自分の手で押さえて上下にしごいた。

端整な顔にひどく艶冶《えんや》な色が浮かび、彼は形の良い眉をわずかに寄せて息を詰める。そのとき、イリュシアの手の中で、彼のものが弾けるのがわかった。

(セレクティオン……。なぜ——)

意識が保てたのはそこまで。

薬のせいか、あるいは度重なる行為のせいか、急速に襲ってきた睡魔《すいま》に呑み込まれ、イリュシアの意識は急速に暗闇に閉ざされていった。

＋＋＋　　　　　　　　＋＋＋

翌朝、イリュシアは隣室から伝わってくる騒然《そうぜん》とした気配に目を覚ました。

ぼんやりと考えた後、昨夜のことを思い出し、一瞬で眠気が吹き飛んでしまう。おそるおそる掛け布をめくると、きちんと夜着を身につけていた。そのことにひとまず胸をなで下ろす。けれど下肢《かし》にはぬれたような感触が残っていた。とたん、昨夜の出来事を細部まで思い出し、ひとりでに顔が熱くなる。

(何かしら……？)

ただの夢であったと思いたい。しかしあの生々しい記憶が夢であるはずがない。

彼の指が——見事な竪琴《リラ》の調べを奏《かな》でる、あの長く細い指が自分の秘めた場所にふれ、蜜をあふれさせた。さらには奥まで埋めこまれ、そこをかきまわされた。淫《みだ》らな音をたてさんざん翻弄《ほんろう》したあげく、彼はそこを——。

(——……)

芋《いも》づる式に思い出していた記憶が、めくるめく快感の極《きわみ》に達した光景にまで至ったところで、部屋付きの巫女のさわやかな声が響いてきた。

「おはようございます、イリュシア様」

「――……っっ」

後ろめたさに心臓が跳ねる。

「……お」

どきどきと、嵐の海のように大きく上下する胸を押さえ、なんとか平静に返した。

「おはようございます……」

部屋の入り口に姿を見せた見習い巫女達は、洗面用具を手にしている。そしてその後ろから、監督役の年かさの巫女が現れる。

いつもの手順に従って寝台を取り囲む彼女達が、こちらの変化に目を止めぬよう気を逸《そ》らそうと、イリュシアはさりげなく話をふった。

「外がさわがしいようですが、何かあったのですか?」

問いに、監督役の巫女が恐縮《きょうしゅく》したように答える。

「昨夜、部屋の外に控えていた者たちがそろってうたた寝をいたしまして、巫女長さまに叱《しか》られていたのです」

「うたた寝……」

「エレクテウス様を通じて、神殿長さまからも重々気をつけるよう言われておりましたのに。気が抜けているにもほどがあります」

批判的な語調に、イリュシアは曖昧《あいまい》にうなずいて目を伏せた。

(でもそれは……)

『一服盛って休んでいただきました』

セレクティオンの言葉を思い出す。あれが本当だとすれば、寝てしまったのは彼女たちのせいではない。

「……神殿長さまはいつも心配が過ぎるのです。あまり叱らないであげてください」

「それでは他の者に示しがつきません」

取りなそうとしたイリュシアに、年かさの巫女はきっぱりと首をふった。

「それでなくてもイリュシア様は、成人の儀を間近に控えた大事な時期なのですから。いくら警戒しても、しすぎることはありませんのに」

成人の儀、という相手の言葉にハッとする。

(そうだ――)

大事なことを思い出し、昨夜の記憶をもう一度たどった。

セレクティオンはたぶん、最後の一線は越えなかったと思う。つまりイリュシアは、しきたり通り処女《おとめ》のまま祭儀《さいぎ》に臨むことができる。

(でも、どうして――……)

操を奪おうとしていた相手に向け、止めるよう必死に懇願《こんがん》しながらも、まさかそれに応じてもらえるとは思っていなかった。おかげで彼は、聖巫女《せいみこ》の評判を穢《けが》すという目的が果たせなくなってしまったわけだ。

彼はなぜイリュシアの願いを聞き入れ、途中で止めたのだろう？　それとも……イリュシアが泣き出したから、それ以上できなかったのだろうか？

（まさか）

それではまるで、イリュシアを愛しているというあの迫真《はくしん》の演技が、真実でもあるかのようだ。

ふと生まれた推測を、即座に否定した。

そうやってこちらの心を揺さぶり、信用させる魂胆《こんたん》かもしれない。いかにもありそうなことだ。

（……でも、苦しそうだった……）

もれ聞こえてくる話では、男性は女性よりも、行為の途中で切り上げるのが困難である……とか。

実際、最後にイリュシアから離れたときの彼の顔は、自らを罵倒《ばとう》するような絶望的な色に染まっていた。それを思い出し、内心で首をひねる。

（わからない――……）

その日、昼過ぎにエレクテウスがやって来た。

表向きは神殿長からの遣《つか》いとのことだったが、人払いをして用件を聞いたところ、特に重要なものではなかった。

わざわざ来なくても、巫女に伝えればいいような内容で、話はすぐに終わってしまう。

それでも彼が腰を上げる様子がなかったため、イリュシアは悩んだ末、慎重に口を開いた。

「エレクテウス。聖婚で、初めての子を相手にしたことがある?」

意外な問いだったのか、彼は少し間をおいてからうなずく。

「はい、何度か。……周囲の女たちに言われるそうですよ。最初のうちは痛みをともなうので、聖婚の形で慣れた神官に手ほどきを受けた方がよいと」

「そう……」

小さく応じ、言葉を選びながらさらに訊ねた。

「……それで、そういった子たちは途中でひるんだりしないの?」

「は?」

「だって……初めてなんでしょう?　最中にこわくなって、いやだと言い出すことはないのかしら?」

「それはもちろん、あります。というか初めての少女は大抵いやがるものです」

「そうなの?　その場合どうするの?」

すかさず問いを重ねたところ、エレクテウスがきょとんとした。イリュシアはハッと我に返り、ごまかすように咳払《せきばら》いをする。

「……少し、興味があって」

「成人の儀が近いと言われていますからね」

特別不審《ふしん》に思ってはいないようだ。エレクテウスは考えるように、口元にこぶしを当てた。

「どうするかは、いやがり方の度合いによって異なります。たとえば恥ずかしがっているだけであれば、気にせず続けます。痛みを警戒して緊張《きんちょう》しているようであれば、幾度か気をやらせて力の抜けた頃合いを見計らいます。大抵はそれで何とかなるものですが、他の神官の話では、まれに心底いやがって泣き叫ぶ者もいるそうです。その場合は手をつけずに帰すしかないでしょうね」

「そういうとき、神官は平気なのかしら？　……その、だって途中まではするつもりだったのでしょう？」

「そうはいっても、本気でいやがっている相手をどうこうすることはできません。聖婚はあくまで女神への供儀《くぎ》ですから、快楽が一方的なものであってはなりませんし、まして女性の側がそれで苦痛を感じるような事態は論外です」

「なるほど。そうね……」

納得のいく答えを見つけ、イリュシアはうなずいた。

「確かにそうだわ……」

セレクティオンが途中でやめたのは、聖巫女を力尽《づ》くで犯して女神の怒りにふれるのをおそれたせいかもしれない。そもそも聖巫女を手込めにしようとした不信心者がそこでひるむとは、矛盾《むじゅん》があるようにも思えるが、途中で気が変わったということも、ないわけではないだろう。

釈然《しゃくぜん》としない部分は捨て置いて、イリュシアは相手に笑いかけた。

「あなたはそういう女の子に当たったことがないのね。よかったこと」

「いやがるそぶりで、こちらを焦らしにかかる女性にならよく当たりますが」

「まぁ……、そういうときはどうするの？」

「もちろん、焦らし返して懲《こ》らしめてやります」

ニッと、少年はどこか得意げな、自信に満ちた笑みを見せた。

「あらあら……」

イリュシアは吹き出し、そしてくすくすと笑う。

エレクテウスは、神殿に来る前からすでに快楽を知っていたという。神官となってからは聖婚の経験を積み、周囲の話によると、まだ大人になりきっていない時分だというのに、女性信者からの熱烈な秋波《しゅうは》が絶えないそうだ。

才気ばしっていて、生意気で……、でもそこがいとおしい弟。

そんな思いに目を細めていると、ふいに部屋の入口で潑剌《はつらつ》とした声が上がった。

「しばらく見ないうちに、いっぱしの口をきくようになったじゃないか」

「――!?」

おどろいて目をやれば、意外な人物が姿を見せる。

「オーレイティア様……!」

色鮮やかな緋色の内衣《キトン》に、縁に金の刺繍《ししゅう》を凝《こ》らした白い外衣《ヒマティオン》。上品でありながらはなやかな装いで現れたのは、イリュシアの前に聖巫女の座にいたオーレイティアだった。

銀の髪を高く結い、颯爽《さっそう》とした足取りで部屋の中にやってきた彼女は、十歳くらいの女の子と手をつないでいる。

イリュシアも何度か目にしたことのある、娘のミュリエッタだ。そちらに向けて、エレクテウスが手をのばす。

「ミュリエッタ。久しぶりだな」

その表情は、いましがたの少年めいた顔から、やや大人ぶった「兄」の顔に変わっていた。

「どうした？　オレを忘れてしまったのか？」

からかうように声をかけられて照れたのか、女の子は母親の脚にしがみつき、衣の影に隠れるようにもじもじしている。

「何をしてるんだ？　さっきまでエレクテウス、エレクテウスってうるさくさわいでいたのに」

オーレイティアは、ひょいと娘を抱き上げて場の真ん中に立たせた。おろおろする女の子に、エレクテウスがうながすように両手を差し出す。

「おいで」

すると彼女は呪縛《じゅばく》が解けたかのように走り出し、まっすぐその腕の中に飛び込んでいった。

「エレクテウス……！」

あどけない声が、きゃっきゃと響く。じゃれつく女の子と、その子に向けて優しい笑みを浮かべる弟を見ているうち、イリュシアは彼が、特に用もないのにここへ来た理由を察した。

耳の早い彼は、おそらくどこかでオーレイティアの来訪を知り、先回りをしたにちがいない。ミュリエッタに会うために。

「今日はどんなご用でこちらへ？」

弟からオーレイティアに目を移し、イリュシアは近くの寝椅子《クリネー》を勧めた。

彼女は聖巫女だった際に行った聖婚の末に身ごもり、役目を退《しりぞ》いてからは生まれた子供と共に実家に身を寄せて暮らしている。けれど長年神殿のために働いてきた献身《けんしん》への信頼は厚く、時折相談を乞われてこうして訪ねてくるのだ。

来訪の目的を訊くイリュシアに向け、オーレイティアは同性でもどきりとするような、麗しい流し目をくれる。そしてもったいぶるように間を置いて、小さくほほ笑んだ。

「聖巫女の成人の儀の相手役を選出するに当たっては、先代の同意も必要でな。それで呼び出されたんだ」

「え……」

「喜べ、イリュシア。そなたの儀式の日と相手が、ついに決まったぞ」

祭事は次の満月の夜と決まった。

神殿長による直々《じきじき》の采配《さいはい》のもと、あらゆる点まで細かく吟味《ぎんみ》されると言えど、儀式自体は普段行われている他の巫女のものと変わらない。神殿の中はいつもと変わらず、ただイリュシアの殿舎のみ少しせわしない程度である。

昨日は儀式の相方《あいかた》を務める神官が挨拶《あいさつ》に来た。ダロスという名の、二十歳をいくつか越えたその青年は、あらゆる条件を備えた申し分のない相手だという。難があるとすれば、若干《じゃっかん》おしゃべりなところか。昨日の挨拶の際、イリュシアが成人するに当たり重要な役割を得たことがいかに光栄であるか、殿舎に居座って長々と語り続け、ひそかに巫女たちの顰蹙《ひんしゅく》を買っていた。

そして今日は、実務において巫女を束ねる世話役である巫女長がやってきて、イリュシア自身の準備や心構えについて説明を始めた。

「通常の聖婚とちがい、巫女や聖巫女の成人の儀に際しては、祭儀用の香が焚《た》かれます」

「はい」

それはイリュシアも知っていた。アシタロテ神殿に古くから伝わる、『女神の雫《しずく》』と呼ばれる秘伝の香油である。

麝香猫《じゃこうねこ》から採れる異性を誘う香りと、バラやアニスをはじめとする官能的な気分を高める植物の香りをかけあわせたもので、香りに包まれた者は夢うつつの別もつかなくなるほど酩酊《めいてい》し、また身体は興奮して儀式を受け入れやすい状態になるという。

つまりは催淫《さいいん》の香りだ。

「慣れない身体でもより強く、深く快感を得られるようにするためです」

成人の儀にせよ、聖婚にせよ、一番の目的は女神に快楽を捧《ささ》げることである。よって供儀に臨《のぞ》むのが無垢《むく》な処女《おとめ》であっても歓びを与えられるよう、考え得るかぎりの工夫が凝らされるのだ。

「ですから何も恐れることはありません。快楽は女神の恩寵《おんちょう》。身をゆだねるのが巫女たる我々の役目です」

「……ええ、もちろん心得ています」

イリュシアは内心の動揺を押し隠してほほ笑む。

快楽は豊穣《ほうじょう》につながる術《わざ》であり、崇《あが》めるべきものだ。愛も性愛も共に女神から人への最大の賜物《たまもの》であれば、それを讃《たた》える情熱を惜しんではならない。

そのことは巫女長に説明されるまでもなく分かっていた。

ただ……赤裸々《せきらら》な彼女の言葉に、記憶の隅に追いやった夜のことが、次々と思い出されてしまう。

これまでイリュシアにとって、「快感」や「快楽」とはただの言葉にすぎなかった。けれどこれからはちがう。

その言葉を発するたび、あの夜を思い出してしまうだろう。

セレクティオンが忍んできた夜の出来事は、彼の言葉の通り——生まれて初めて知った目もくらむような恍惚《こうこつ》のすべてが、それをもたらした彼の存在とともに、イリュシアの心身に深く刻み込まれてしまった。

他でもない、彼であったからこそだろう。たとえば仮にあの夜の訪《おとな》いがなく、ダロスに初めての快楽を教えられていたとして、その後これほどまでに心を捕らわれたとは思えない。

(セレス——セレクティオン……)

想いを訴え、激した彼は恐ろしかった。なのにその姿にどうしようもなく胸がさわいだ。

(だめ……。そんなこと、考えてはいけない——)

胸につかえる何かを吐き出すようにため息をつく。

幸いなことにあの夜以降、彼が忍び込んでくることはなかった。

幸いなことに、と思っている。にもかかわらず、夜に人の足音が耳に入ると、鼓動が跳ねる。目を開き、つい耳をそばだててしまう。

(考えてはだめ。彼は二度と来ないわ——普段の神殿は警備が厳しくて忍び込めないと言っていたもの……)

そして次の満月には、自分は神殿の至聖処《ナオス》において正式な巫女になるための儀式に臨んでいる。あの野外の舞台に行くことはない。

（それでいいのよ。それで、何もかも正される――……）

自分にそう言い聞かせ、ため息をついた。何度も何度も吐き出そうと試みているのに、胸につかえるものはなくならない。

その正体を追いかけようとした意識を閉め出すように目をつぶり、そしてイリュシアは何度目になるのかは分からないため息を再びついた。

3章　秘密は淫事の糧となり

成人の儀《ぎ》は、――奥殿《オイコス》の最奥にある至聖処《ナオス》にて行われる。そこは神官《しんかん》と巫女《みこ》のための拝殿《はいでん》であり、地上において神々の坐《ざ》す天上にもっとも近い場所とされている。

儀式《ぎしき》に臨《のぞ》むにあたり、イリュシアは泉で沐浴《もくよく》をして身を清め、おろしたての純白の内衣《キトン》を身にまとい、長い祈りを捧《ささ》げるべく至聖処《ナオス》の支度《したく》部屋にこもった。

漆喰《しっくい》の壁に、赤を基調とする顔料で帯装飾の描かれた部屋は、こぢんまりとして落ち着いた佇《たたず》まいである。中央には小さな祭壇《さいだん》があり、そこには大きな香炉《こうろ》が置かれ、白く淡い煙が高くたなびいていた。

部屋に一歩足を踏み入れたときから、真綿のように身を包み込んでくるその香りは、普段通廊で焚《た》かれているような仄《ほの》かなものではなく、ある目的をもってその場を満たしている。アシタロテの秘伝と名高い『女神の雫《しずく》』――ひどく濃艶《のうえん》なその香りは、軽い麻酔《ますい》作用があり、吸い続けると身体《からだ》を興奮状態にすると言われていた。

酒よりももっと明確に性的な酩酊《めいてい》をもたらすと、あらかじめ聞いてはいたものの、思っていたよりも強く作用することにイリュシアはとまどった。

肌は熱く張り詰め、鼓動《こどう》は速まり、顔が火照《ほて》る。まるで蒸し風呂の中にいるかのように、吐《と》息《いき》はしっとりと艶《つや》を帯び、瞳はひとりでにうるんでいく。それは頭の中にまで侵食《しんしょく》し、物を考える力も意志も奪い、イリュシアはぼうっとしたまま、ただただ悩《なや》ましい気分になった。

数刻の後、儀式の行われる祭壇まで付き添いをする巫女たちが現れ、すっかり香りに酔わされたイリュシアの様子を目にして満足そうにうなずいた。

「お時間です。まいりましょう」

松明《たいまつ》を持った巫女達の先導に、豊穣《ほうじょう》の象徴たる葡萄《ぶどう》の枝を手にした数名が続き、イリュシアを挟んで最後尾に、儀式用の特別な飾り壺《アンフォラ》を抱えた巫女達が付き従う。

巨大な至聖処《ナオス》の拝殿は、日の光が入らない造りのため昼間でも暗い。夜のいまはなおさらで、祭壇までの道のりは、まっすぐに並んだ小さな篝火《かがりび》によって示されていた。

拝殿の中央には、見上げるほど大きな女神の立像がある。大きすぎて篝火の明かりが上まで届かず、顔が見えないほどだ。それを、天井部までまっすぐにのびる大きな列柱が囲んでいた。

女神像の足下の台座には、献納《けんのう》された品々の中でも特に高価なものが山と積まれている。

その正面に、床面から一段だけ高くなった祭壇があり、そこに厚みのある織物が敷かれていた。大きさは広い寝台といったところか。その上に金を織り交ぜた白い敷布《しきふ》が掛けられ、邪《じゃ》を祓《はら》うとされるオレンジの花の花びらが散らされている。

周りを三叉の燭台《しょくだい》が囲み、白い祭壇を淡い光の中に浮かび上がらせていた。また、近くに据えられた小卓には香炉が置かれ、支度部屋と同じ香りであたりを満たしている。

ここからは見えないが、闇《やみ》に沈んだ拝殿の隅には目付役の巫女が座し、きちんと儀式が行われるよう、そして巫女が無体な目に遭わないよう、ひそかに見張っているはずだった。そういうしきたりなのだ。

慣れない香りが効き過ぎているのか、イリュシアは、祭壇に着いた頃には力が抜けきってくずれ落ちそうな心地《ここち》だった。身の内を満たす熱がぼんやりとした意識を悩ましく責めさいなむ。官能《かんのう》の予感に昂《たか》ぶる身体で祭壇の上に膝《ひざ》をつくと、巫女達が離れていった。それと入れちがいに近づいてくる人の気配に、とろんとした目で振り向く。

燭台が照らし出す範囲はあまりにもせまかったため、白い衣を身につけた神官については、おぼろげな輪郭《りんかく》が分かる程度だった。やがて祭壇まで来た彼は、寝台に膝をついているイリュシアをゆっくりと横たえる。

火照った身体に冷たい敷布の感触が心地よく、イリュシアはかすかに息をこぼした。とろりとした目で見上げると、こちらを組み敷いていた相手が、息を呑《の》む気配がした。

まるで気持ちを押し殺すような、わずかな間をおいて、彼は決められた口上を述べる。

「……女神アシタロテの御名において、お相手願いたい」

(――……え?)

耳にした声に、ひどくぼんやりとしていた思考が少し現実に戻ってきた。

（そんな……ばかな——）

青い瞳を瞠《みは》って自分の上にいる人間の顔をよく見る。……すると、

「セレ——っ」

思いがけず間近まで迫っていた相手によって、声を封じるように、静かにくちびるが重ねられた。

「ん……、んっ、……んぅ……っ」

混乱のあまり声を出そうとするものの、口づけに阻まれてしまう。

何ということだろう。

（神官でもない彼が、なぜこんなところに……？）

香に霞《かすみ》がかった頭のどこかで警鐘《けいしょう》が鳴った。

今すぐ止めなければならない。見張りをしているであろう巫女に知らせ、彼を退けて本来の相手を呼び戻さなければ。

けれど淫蕩《いんとう》な靄《もや》におおわれた頭の働きはひどく鈍く、おまけに言葉を発しようと開いた口は、相手のくちびるに容赦《ようしゃ》なくふさがれたまま。さらにはやがて、隙間《すきま》なく重ねられたくちびるから、ぬるりとしたものが差し入れられてくる。

（——……っっ）

未知の感触に、イリュシアははっと目を見開いた。そんな戸惑いも、長くのびてねっとりと口内をまさぐる舌にからめとられていく。

「……ん……っ」

イリュシアは身をよじり、衝撃《しょうげき》的にして淫《みだ》らな感覚から逃れようとしたが、元より官能を昂ぶらされていた状態では絶望的というほかない。

それどころか、熱くぬるついた舌に歯列《しれつ》をなぞられ、口蓋《こうがい》を舐《な》められ、ちゅくちゅくと唾液をからめ合う音をたてられるうち、どうしようもなく恥ずかしい気分に襲われた。

「……ふ、ぅ……っ」

お互いの呼吸と唾液が混ざり合う甘苦しい感覚に、熱はとどまるところを知らないほど気持ちを昂ぶらせていく。

彼の舌は、イリュシアを求めていることを、ひたすらに伝えてきた。首を振っても、どこまでも追いかけてくる。手でこちらの頬《ほお》を押さえ、幾度も角度を変えて、熱く濡れた舌をよりいっそう深いところまで差し入れてくる。

その淫らにしてまっすぐな責め苦は、香に煽《あお》られた身体の奥から、ぞくりと官能の萌芽《ほうが》を引き出した。

「や……っ、……ん、……んぅ……っ」

ぬるぬると熱い舌がからみ合う淫靡《いんび》な感触に、我知らず身をよじる。顔が熱い。

もはや声を発するどころではなかった。

(ダメ……ダメ――)

禁忌《きんき》を訴える意識は、決然と行為に没頭するセレクティオンの意志の前に、ただ宙を漂う。

彼は、これが表沙汰になればどうなるかきちんと分かっていて、それでもなおこのような暴挙に及んでいるようだ。

(愚《おろ》かな……ことを――……っ)

だからだろうか。一度踏み出してしまったからには味わい尽くすとばかり、傍若無人《ぼうじゃくぶじん》な舌は、唾液の音をたてて口内をあますところなく這《は》う。

それはやがてイリュシアの舌をからめ取り、熟《う》れた果肉をしゃぶるように、幾度となく舐め上げてきた。

「……ふ……んぅ、……んっ……んん……っ」

表面と言わず、側面と言わず、彼は飽きることなく、ちゅくちゅくと舌を舐めてくる。

下肢《かし》の奥からぞわぞわとこみ上げる官能にこらえきれず、イリュシアがぴくん、と身体を震わせてしまうと、その動きにはさらに大胆になっていった。

「ん……んふ、……ぁ……」

逃げる舌をゆったりと捕らえ、敏感なところをねっとりとこすり合わせてくる。こうすると気持ちがいいのだと、教えるように蠢《うごめ》く舌に、頑《かたく》なに拒《こば》んでいた力もくたくたと抜けていった。

抵抗をあきらめると、褒美《ほうび》とばかり根元から強く吸い上げられ、ぞくぞくと、えもいわれぬ愉悦《ゆえつ》がこみ上げてくる。

「はぁっ……、んっ、……う……は……っ」

身体の芯から蕩《とろ》けてしまいそうな巧《たく》みな口づけに、気づけば別人のように甘い声をこぼしていた。

彼は、情欲に染まった薄茶色の瞳を細めて笑う。

「お気に召していただけたようで何よりです」

そして吸われ過ぎて赤く腫《は》れたくちびるの上に、意地悪くささやいてきた。

「大変な手を尽くしてここまで来たのです。逃がしませんよ。私の女神……」

敏感になったくちびるをくすぐる吐息にすら震えながら、イリュシアは力の入らない声で必死にささやき返す。

「聖巫女《せいみこ》は……神官としか、交わってはならない……掟《おきて》です……っ」

「私には意味のない掟です」

「いけません……。女神の定めた、法を破れば、……恐ろしいことが……」

さざ波のように身の奥を疼《うず》かせる、官能の熾火《おきび》のせいか。イリュシアの瞳はうるみ、頬は赤く上気して、吐息も熱く乱れている。

それでもこの状況を拒もうと首を振るこちらの頬に自分の頬を重ね、彼はうめくように応じた。

「貴女《あなた》をこの手に抱くことができるのなら、――たとえ一時でも独り占めできるのであれば、命を失ってもかまいません……！」

激情を押し殺した声。

思い詰め、悩みに悩んだことが伝わってくるその声音に、一瞬、イリュシアの胸の琴線《きんせん》がふるえた。

「いや……セレクティオン、そんなこと、言っては……っ」

「心配してくださると？　私の命を惜しんでくださるのですか？」

訊《き》き返されてハッとする。そして自分が口走ったことを思い返し、困惑した。彼は、ずっと自分をだましていた、ひどい男だ。それなのに――？

戸惑いをどう解釈したのか、セレクティオンは勢いを得た仕草で身を起こす。

「でしたら協力していただかなければ。私の愛に応え、官能に溺《おぼ》れて激しく乱れる様をぜひとも女神にご高覧《こうらん》いただきましょう」

「いけません……。……アシタロテの神官に、まかせなさい……っ」

すがりつくようにして言うと、彼はぴくりとこめかみを波打たせた。

「ご心配なく。経験なら私も積んでいると申し上げたでしょう？　何も知らぬ処女《おとめ》だとて感じさせてご覧にいれます」

「……こんな……、卑怯《ひきょう》な、真似……っ」

きれぎれの非難には、心外とばかり喉《のど》の奥でくぐもった笑いが返ってくる。

「口づけだけで、こんなにも蕩けたお顔をしていらっしゃるというのに？　私の舌とくちびるがお嫌いとは言わせませんよ」

すっと身を引いたセレクティオンは、イリュシアの胸にそっとふれた。おののく鼓動に揺れる胸のふくらみを、捧げ物のように恭《うやうや》しく両手で支え持つ。

「あ……っ」

以前そこを舐められたときのことを思い出し、動揺に頬が染まる。

そんなイリュシアを満足そうに見下ろして、彼は秀麗《しゅうれい》な顔をゆっくりと傾け、まるで見せつけるように、片方の先端《せんたん》に吸い付いてきた。

「あっ、……あぁ……っ」

熱くぬれた感触に包み込まれ、肩がびくりとふるえてしまう。それが伝わり、大きな手の中でこんもりと盛り上がった白いふくらみが弾んで揺れた。

ねろりと舐められた乳首が、たちまち硬くとがっていく。甘く疼くそこを、ぬれたくちびるがやわらかく食《は》み、舌にざらりと舐め上げられて、ぬるぬるとこすられる感触に、イリュシアは声をこらえることができなくなってしまった。

「あっ……いやっ。……そんな――舐めない、で……あっ」

「ねだるような声で、何をおっしゃるのですか」

セレクティオンの舌はなおも、凝《しこ》った粒に絡《から》みついて引っ張り、くちゅくちゅと、わざと音をたてて舐めしゃぶる。

「あぁっ……、はなして……やぁっ、だめっ、……か、噛《か》んじゃ……っ」

硬く尖《とが》ったそこを歯でこりこりと甘噛《あまが》みされると、香に火照った身体が痺《しび》れてわななき、こみ上げる快感にたまらなくなる。

逃げ場のないそれは身の内に溜まり、下肢や乳首をさらに敏感にしていった。

「くちびると舌だけではなく、手と指も気に入ってくださるといいのですが」

「やぁあっ、……ん、……あっ……」

口に含まれていない方のふくらみが、大きな手に包まれた。張りつくような手は、まろやかな柔肉《やわにく》をじっくりと揉《も》みしだきつつ先端を指でくりくりと弄《もてあそ》ぶ。

やり方を心得た手つきのせいか、それともそれまでの淫戯《いんぎ》のせいか。硬く勃《た》ち上がった粒は、少しいじられただけで、ぞくりと粟立《あわだ》つような愉悦を発した。

「んっ……、——なんで、胸なのに、……こんな、に、……なるの……っ——あぁっ」

「こんなに揉みでがあって感度のいい胸は初めてですよ。ほら……ご覧になってください。私の手の動きに合わせてたわんでいる」

胸を包む手に力が込められると、細く長い指の隙間から白い柔肌《やわはだ》がはみ出すのが目に入る。

自分の胸が、こんなにも淫《みだ》らに見えるのは初めてだ。

「いや……あ……！」

「いずれ香油《こうゆ》をつけてかわいがって差し上げたいものです。さぞかしいやらしい光景が見られるでしょうね」

欲情にぬれた声にささやかれ、ただでさえ火照った顔が熱くなった。

いずれなどない、と心の中でのみ言い返す。と、それを察したように、片方の乳首に歯を立てられ、もう片方を強くつままれた。

「っ、きゃぁぁ……っ」

ジン！　と、痛みと快感がほどよく混ざり合った愉悦が走り、背筋《せすじ》をふるわせる。

「やさしく嬲《なぶ》った後、少しきつく刺激するのが、快感を引き出すコツです」

得意げにほほ笑み、セレクティオンはそううそぶいた。

言葉の通り、繊細《せんさい》に動く指と舌の愛撫《あいぶ》には緩急がある。そしてやわやわと焦《じ》らすようにふれられた後、強い刺激を与えられるとたまらなかった。

甘い痛みに、凝《しこ》りきった先端がじんじんする。さらにそこを、唾液を絡めた舌に転がされつつ吸われると、鋭く甘美《かんび》な愉悦がこみ上げ、そのあまりの心地よさに恍惚《こうこつ》としてしまう。

「や、……あっ……あぁ、ぁっ……」

身もだえるイリュシアと、乳房《ちぶさ》の感触とを双方愉《たの》しむかのように、彼は左右のふくらみそれぞれに、淫虐《いんぎゃく》を飽きずにくり返した。

「あぁっ、……あん、……もうだめ――あ、もうだめぇ……っ」

とめどなく甘い声を発し、瞳に涙をたたえて首を振るイリュシアを愛《いと》しげに見つめ、彼は熱っぽくかすれた声でささやいた。

「こんなふうにするのはどうですか……?」

言うや、淫猥《いんわい》な舌先が、硬く凝った先端を絡め取るようにしごきながら、淫らな音を立ててきつく吸い上げる。

「そんな、強く……あっ、……やぁぁぁっ……!」

ただでさえ敏感な箇所《かしょ》への強い口淫《こういん》に、身体の奥で燻《くすぶ》っていた官能が弾け、背筋を快感が貫いた。身体を弓なりに反らしてびくびくと感じ入っていると、突き上げる形になった胸が淫らに揺れる。

その最中にもセレクティオンは、手をふれずにいられないとばかり、ふくらみを両手で包み、捏《こ》ねまわしていた。

やがてイリュシアがぐったりと力を抜くと、彼は厳《おごそ》かに告げてくる。

「アシタロテの神官でも、処女《おとめ》に胸だけで気をやらせるのは難しいことだと思いますよ」

涙目で息を荒らげながら、イリュシアは朦朧《もうろう》とした頭で、それはちがうと考えた。自分がこうして、どこもかしこも淫蕩《いんとう》なほど感じやすくなっているのは、『女神の雫』のせいだ。

イリュシアの身体をいいように責め苛《さいな》む、彼のせいであるはずがない。

「ただの……香の効果、よ。……誰がやっても……同じ……」

せめてもの気持ちで言い返すと、セレクティオンの笑顔が不穏《ふおん》な色に染まる。

「あまり意地の悪いことはしたくありませんが――」

前置きをするや、彼は投げ出されたイリュシアの両手を取り、それを頭上でひとつに束ねて身体を重ねてきた。

「私は、愛しい者ほどいじめたくなる質《たち》です」

ずっしりとした重みと、意外なほどの熱さに気圧《けお》され、息を詰める。

そんなイリュシアの鼻先で、端整な顔がささやいた。

「慣れない貴女に意地の悪いことをする口実を与えないでください――」

冷たい微笑《びしょう》をたたえた薄茶色の瞳に、ついひるんでしまう。その怯《おび》えを悟られまいとして、イリュシアは眉《まゆ》を寄せるふりで顔を背《そむ》けた。

「女神に快楽を捧げる場で、意地悪など……、それこそ罰《ばつ》が下ります」

と、彼はふふ、と笑う。

「ですから貴女は慣れていないというのです。意地悪は、この場にこそもっともふさわしい愛情表現なのですよ。……貴女にとってはおつらいでしょうが、ね」

からかう口調で言うと、セレクティオンは無防備にさらされたイリュシアの腋の下を、空いている指でつぅっとなでてきた。

「ひゃ、ぅ……っ」

くすぐったさのあまり、うっかり変な声がもれてしまう。口を固く閉ざして取り繕《つくろ》うと、彼はくすくすと笑った。

「ここにふれられると弱いのでしたね。……それでは、他のくすぐったい場所も探して差し上げましょう」

言葉通り、彼はくちびると舌でイリュシアの肌という肌をたどる。信じられないほど敏感になった身体を隅々まで愛撫し、ことに反応の大きな箇所をきつく吸い上げ、赤い印をつけていく。

「……っ、ふ……ぅ、……あ、ぁ……っ」

ただそっとついばまれ、舐められているだけだというのに、喉からは甘ったるい声がこぼれ、腰まわりがじんと痺れた。

じっとしていられず、なまめかしく身じろぎをくり返すこちらの様子を目で愉しみながら、彼はひとつひとつ、イリュシア自身ですら知らなかった小さな官能を目覚めさせていく。

その熱心な探求はとどまるところを知らず――けれど花びらのように柔らかなくちびるの感触では、そうそう大きな愉悦も得られない。

そうと知っているだろうに、彼は、香の効果と胸への淫虐に煽《あお》られ、高まりきっていたイリユシアの性感をとことん焦らし抜いた。

「や、ぁっ……セレクティオン……っ、いつまで……」

「もちろん、私が貴女の身体を味わい尽くすまでですよ」

「……も、やめて……っ、……く、苦しい、の……っ」

「そのようですね。いじられてもいないのに、蜜口《みつくち》からこんなに愛液《あいえき》が――ぁあ、なんということでしょう。こんなにもぐっしょりと……」

「……っ、いっ……言わない、で……っ」

臀部《でんぶ》の下がどろどろにぬれているのは、自分でも感じていた。それをあからさまに指摘され、羞恥《しゅうち》にもだえる。

彼はさらにそれを煽るようにささやいた。

「初めてでこれほどまでに乱れる女性はそうおりません。さすがアシタロテの娘と言われるだけある……」

「あ、……、もう、助け……てっ、……セレクティオン……」

「貴女が感じ過ぎてつらいのは、香の効果だそうですので、私にはどうしようもございません」

びくん、と身体を引きつらせるイリュシアに容赦なく舌を這わせながら、彼はそうそぶいた。

「快楽は性愛の喜びであり、豊穣につながる恩寵《おんちょう》。聖巫女の貴女は、感謝をもってそれに与《あず》からねばならないお立場ではございませんか。ほんの微力ながら私もお手伝いいたしますので、どうか存分に味わってください」

ほんの微力、のところに力を入れて言い、彼はそれまで放置していた乳首にくちびるを寄せる。

「あぁ……こんなにいやらしく尖らせて。舐めてほしいのですか?」

ささやく息にすら感じてしまうほど硬くなっていた粒を、期待を持たせるような間を置いた後、ぬるりと口に含む。そしてちゅうちゅうと赤ん坊のように吸った。

「ひ、あぁぁっ……!」

熱にかすんだ意識が一瞬遠くなる。気持ちが良すぎて本当におかしくなってしまいそうだ。

「……はぁ、……は……ぁ——あぁ……ん……っ」

「感じているときの貴女の声は、どんな楽器の調べにも勝ります……」

乳首から口を離し、ふたたびじわりじわりとした愛撫に戻りながら、彼はイリュシアの喉から絶え間なく響く、細く高いあえぎ声にうっとりと聴き入る。

「かなうことなら私の部屋に置いて、毎夜鳥の羽根で全身をくすぐって、一晩中啼《な》き声を堪能《たんのう》したいものです」

気が遠くなるほどの間、彼はイリュシアを快感の泉に浸し続けた。絶え間なく襲いかかってくる恍惚は身体の奥まで染み込み、涙をこぼす以外何もできないまま。

あとどれくらい耐えればいいのだろう……？

「セレ、クティオン……」

青い瞳に、官能の涙をあふれさせて名前を呼ぶと、ふくらはぎをついばんでいた相手が、顔を上げた。

「意地悪な、……あなたは、きらい……。お願い、いまだけ……」

あえぎすぎてかすれた声で、懇願《こんがん》する。

「いまだけで、いい……から。……セレスに戻って……っ」

両手で顔を覆《おお》いたい気分だった。相手の淫戯《いんぎ》に降参《こうさん》するようでとても不本意だ。けれどこれ以上、嬲《なぶ》るような『セレクティオン』のやり方には耐えられない。

イリュシアの拒絶に矜持《きょうじ》をくじかれ、技巧を尽くして挑《いど》んでくるような、……真意の見えないこの恐ろしい男ではなく。せめて好ましく思っていた、あの優しい青年に奪われたい。

しかしわずかな沈黙の後、彼は首を振った。

「……いいえ、それはできません」

「……なぜ……」

「セレスは偽物《にせもの》です。いない人間です。私こそが本物なのです。……貴女の処女《おとめ》は、たとえ自分の芝居《しばい》といえど、他の男に譲りたくはありません。私が、私自身としていただきます」

イリュシアには分からない理屈を、彼は切々と訴えてきた。

「貴女を心から愛していて、優しくしたいと思いながら、淫《みだ》らにふれて官能に溺れさせ、思うさま啼かせたいとも願う——これが私なのです」

「でも、もう……っ、つらくて……」

悦楽《えつらく》のさざ波を感じ、声を詰まらせながら言う。と、汗で額《ひたい》に張りついた髪の毛を指先で払いながら、彼は微苦笑《びくしょう》を見せた。

「想う人を前にして、時間をかけて愛するのは私もつらいのですよ」

「嘘……」

「嘘だとお思いでしたら……ご自分で触って確かめてご覧になりますか?」

言葉と共に手を取られ、彼の下肢《かし》に持って行かれたイリュシアの指先が、そこにふれる。すると……たしかに、角度をもって雄々《おお》しく勃ち上がった熱いものが、いまにも弾けそうなほどビクビクとふるえていた。

イリュシアの指は、ほんの少し表層をなぞっただけだというのに、彼は秀麗な眉宇《びう》をわずかにしかめ、手を遠ざける。

「私とて、この状態で耐えるのはつらいものです。ですが男も女も、この甘い苦しみに耐えれば耐えるほど、もたらされる官能は大きくなります。その証拠《しょうこ》に——」

彼の手が、両膝を立てたイリュシアの秘処《ひしょ》にのびてきた。つい反射的に膝頭《ひざがしら》を閉じてしまうと、指は臀部の方から、くちゅ……と音をたてて秘裂《ひれつ》を縦になぞる。

「あぁ……っ」

「ほら、いい具合です。……後はここをじっくりほぐせば、きっと初めてでも天国にお連れすることができるでしょう」

長い中指が、さらに蜜口の中に挿《さ》し込まれ、そこをぐちゅりとかきまわした。

「は、ん……っ」

びくりと腰が浮いた際、敷布についた臀部の下まで、自らの愛液でぐっしょりと濡れそぼっていることを改めて意識してしまう。

「――……うっ」

秘裂をいじられる前からそんなふうになってしまっていることに、恥ずかしさのあまり顔に火がついたような気分だった。とはいえそのため、隘路《あいろ》を拓《ひら》く指は動きやすいようだ。

ちゅくちゅくと、蜜洞《みつうろ》のせまさをはかるように中指を押しまわしていた彼は、すぐに二本目の指を挿入《そうにゅう》してくる。そのとき。

「はっ、……あっ……」

腰が揺れた拍子《ひょうし》に、他の指が、秘裂の中で勃《た》ち上がっていた花芯《かしん》に、ほんの少しだけふれた。

とたん、びりっと身体の中を貫いた歓喜《かんき》に、背中が弓なりに反ってしまう。

「……あぁ、ぁあ……！」

焦らしに焦らされていた身体は、たったそれだけの刺激で達してしまったのだ。

内股《うちまた》がセレクティオンの手をきつくはさみ、ぶるぶると震える。指を含んだ媚壁《びへき》も、中のものにきゅうきゅうと切なく絡みつき——自分の内側でそれを感じる事態に、余計恥ずかしくなった。

「せっかく注意深く下ごしらえをしていたのに……、いけない方ですね」

締めつける媚壁をこするように、彼が指をぐり、と回転させる。

「はぁん……！」

達しているさなかの指淫《しいん》に、イリュシアは一層あられもなく身もだえた。

「ですが、私の指にこんなにも感じていただけるのは、うれしいことです」

こわばっていた身体が弛緩《しかん》すると、彼は長い指を根元まで挿し込み、ぐちゅ、ぐちゅ、と音を立ててかきまわしてくる。手のひらが蜜口に強く押しつけられる感触に、ビクビクと下肢が震えた。

「あっ……、ふ、深い……っ」

「欲張りなお口だ。もうこんなに蕩《とろ》けて、うれしそうに指をしゃぶっていますよ。もう一本増やしてみましょうか」

「あ……っ、や、そんな——拡げちゃ……はぅっ」

三本目となる指の侵入に、これまでになく蜜口がいっぱいに押し広げられる。きつい感触にイリュシアが脚をびくつかせるが、とろとろに溶けた中は、それすらも何とか呑み込んでしまった。

「大丈夫。痛い思いなどさせません。じっくり慣らして、特に感じてしまう場所をたくさんこすって差し上げますよ」

その言葉の通り、ぐちゅぐちゅと蠢《うごめ》いていた指の一本が、ふいに秘玉《ひぎょく》の裏あたりをこすり上げる。

「やぁあ……っ」

性感の塊のようなそこから、びりびりと全身が痺《しび》れるほどの喜悦《きえつ》が発し、イリュシアの喉からひときわ甘い声が上がった。すると彼はそこばかりをねらって、指の腹でこすりたててくる。

「やぁ……っ、あ、ぁん……あぁ、……そんなにしたら、だめぇ……っ」

快感にふやけきった身体の芯が、ぐずぐずと溶けてしまいそうだ。

甘苦しい指戯《しぎ》にひたすら身をくねらせるイリュシアを見下ろして、彼もまた夢中になったように、切なく締めつける媚壁を三本の指でぐじゅぐじゅとかきまわし続けた。

「恥ずかしい場所で私の指をしゃぶりながら、身体をくねらせてあえぐ貴女はとても素敵です。この光景だけで果ててしまいそうだ」

「いやぁ、ぁっ、……わないで……っ」

「ですが私としては、もう少し刺激的だと、もっと好みですね」

じゅく……と指を動かしながら、彼は立てたままのこちらの両膝にキスをする。

「さぁ、イリュシア様。貴女をさらに気持ちよくするために――この脚を開いて下さい」

「……え……？」

腰をひくひくと痙攣《けいれん》させたイリュシアは、ぼんやりと視線をさまよわせた。両膝の間には、すでにこぶしふたつ分ほどの隙間がある。

しかし彼は空いている方の手で、片方の膝頭を、外側へ誘導するようにやわらかくなでた。

「ゆっくりでかまいません。この膝をもっと大きく広げて、……私の指を呑み込んだ、貴女の秘めやかな場所をよく見せて下さい」

「そんな、こと……」

「かなえていただけないのであれば、おみ足を縛ることになりますが？」

卑猥《ひわい》な脅迫《きょうはく》に息を詰めていると、彼は薄茶色の瞳をゆるりと傍《かたわ》らに向ける。

「香炉が置かれた……あの小卓《しょうたく》の引き出しの中には、房事《ぼうじ》に際して用いられる道具がたくさん納められています。その中にはむろん、縄もありますので……」

小卓から、硬直しているイリュシアに視線を戻し、彼はその耳元で意地悪くささやいた。

「平気です。縄と言っても毛糸を撚《よ》って作ったやわらかいもの。痛んだりはしません」

そういう問題ではない。その一心で、ふるふると首を左右に揺らす。

「……そんな、恥ずかしいこと……っ」

「羞恥《しゅうち》は快感を増幅させます。これは立派に女神への奉納《ほうのう》の一環なのですよ」

しれっとした顔で言い放ち、セレクティオンはぐちゅ……と隘路に埋めた指を動かした。

「んっ、……ぅ……っ」

「後で思い返すだけでここが濡れてしまうほど——」

ぐちゅ……ぐちゅ……とわざとらしく音を立て、舌なめずりするように声をひそめてくる。

「大きく広げて縛って差し上げましょうね」

「いや……っ——じ、自分で……開くわ……っ」

「——では、どうぞ」

あっさりと言い、彼はイリュシアの両脚の間に腰を下ろした。

露骨《ろこつ》な視線に見守られながら、おそるおそる閉じていた膝を開く。以前にも見られたことはあるものの、恥ずかしいことにちがいはない。しかも今回は自らそれをするのだ。

「——……」

膝頭の間を、手のひらふたつ分まで広げたところで動きを止めると、なおもうながすように蜜洞の中の指が動いた。

「……ふぁ……っ」

「もっと——もっとです。それでは見えません」

「あなたは、やっぱり——ひどい、人……っ」

あえぐような非難に、彼はくちびるの端《はし》で笑う。

「否定はしません。……仮に私が縛るときは、腰が前に突き出るほどあられもない形になるのですよ。せめてその半分くらいまでは開いて下さい」

「いや……。そんなの……！」

「献納です、イリュシア様。……貴女が羞恥をこらえ、欲深い蜜口をいっそうぬらす様を、女神にお見せするのです」

（そうしなければ、終わらないの……？）

こめかみの脈が聞こえるほど熱に満たされた頭で、考えたのはそんなことだった。

淫靡《いんび》な香と前戯《ぜんぎ》とに朦朧《もうろう》とした頭は、ろくに物を考えることなどできなくなっている。早く。早く。経験のない身でありながら、願うのはそれだけ。

身体の中には、じっくりと時間をかけて高められた欲望が煮詰まり、熱くてたまらない。この甘い責め苦から早く解放されたい。そんな希求が高じてどうにかなりそうだった。

そしてまた、それも女神への奉仕《ほうし》の内なのだと言われれば、抵抗の意識も力を失ってしまう。

「――……」

自らの秘処にあてがわれた彼の手はなるべく視界に入れないようにして、イリュシアは相手の言うくらいまで大きく両脚を開いた。

ぬれたそこで、それまで感じなかった空気をひんやりと感じ、頰が火照る。

「……こう？」

羞恥をこらえて目を上げると、彼はしごくうれしそうにうなずいた。そして宣言通り、しげしげとそこに見入る。

「ここが子供のようにつるりとしているのはいいことですね。貴女の恥ずかしいところがよく見えます」

燭台の明かりに照らされ、ぬらりと光る無毛の秘裂越しに彼と視線が重なりそうになり、イリュシアはあわてて目を伏せた。

するとと彼は、快楽にぽってりと腫れた割れ目の中、硬くとがって勃つ花芯《かしん》を、蜜にぬめった親指でゆるりゆるりと捏《こ》ねてくる。

「ご褒美《ほうび》です。中だけでなく、ここもいじって差し上げましょう」

「あっ……あぁっ、……やぁぁっ……んぅっ……！」

下肢の奥からわき上がる濃厚な喜悦に、もはや言葉もなくあえぐことしかできなかった。

自ら大きく脚を開いて、彼の指を深く受け入れて、秘玉をいじられて、ひどく感じているだなんて。

（なんてはしたない……！）

けれどそう思うほどに、身体は敏感になっていくようだ。

蜜にぬめり逃げる秘玉を執拗《しつよう》に親指で転がされ、えもいわれぬ鋭い快感に腰がびくびくと跳ねる。

「あぁぁあぁ……っ」

内側の悦《よ》い場所ばかりをくり返しこすりながら、硬くとがりきった秘玉をも捏ねられたのだ。

容赦なく責め立てられた官能が、熱の奔流《ほんりゅう》となって全身を呑み込む。内股を痙攣させ、蜜壁《みつへき》の中の指を三本ともうんと締めつけながら、イリュシアはまたしても達してしまった。

「ん……、ぁ、……はぁ、……はぁ……っ」

快感にひくつく秘処から、セレクティオンが指を引き抜く。蜜液《みつえき》にぬらぬらと光る手を開き、指の間に伝う糸をこれ見よがしに眺めながら、こちらに視線を流してくる。

「これだけぬれて、やわらかくなっていれば大丈夫でしょう……」

彼はイリュシアを見つめながら、おもむろに自らの裾の長い内衣《キトン》をめくり、雄々しくそそり立っているものに、自分の手をぬらしていたイリュシアの蜜液をぬりつけた。

そして目を合わせたまま、ゆっくりと衣服を脱いでいく。

その所作には、これからイリュシアを奪うという意志がゆるぎなくにじみ、つられるようにして、こちらまで気持ちがかき立てられた。不安と高揚《こうよう》とを同時に感じながら、白くなめらかな肌と、ほどよく鍛えられた身体とを、どきどきと眺める。

彼はこちらを見つめたまま、這うようにしてにじり寄り、イリュシアの上に覆いかぶさってくる。そしてくるおしい欲望に染まった顔で、強くくちびるを重ねてきた。

「……ん……ふ――っ……ぁっ」

舌を挿《さ》しこみ、からめ合わせてくる、深く官能的な口づけ。ぞくぞくとしたさざ波に肌を粟立たせるイリュシアの片脚を担《かつ》ぐようにして開かせ、彼は互いの唾液にぬれたくちびるをふれあわせたままささやく。

「もう……私が、我慢できません。愛しい方。私の女神……っ」

ぬるりと絡め取った舌を根元から甘く吸い上げられ、脳髄《のうずい》に痺れるような快感が走った。

その間に彼は自らの雄茎を、ぬれそぼってひくつく蜜口にあてがう。そしてそれは、口づけの陶酔《とうすい》に浸っていたイリュシアの中へ、少しずつ押し入ってきた。

「は……っ、んっ……んぅ……っ」

ゆっくりと少しずつ隘路を押し開かれていく、その最中にも胸の頂《いただき》を舐めねぶられ、花芯もぬるぬるといじられ、腰がビクビクふるえてしまう。

「はっ、……あっ、あぁ、あ……っ」

痛みと同時に与えられる愉悦《ゆえつ》に、訳が分からなくなった。

確かに彼は慣れているようだ。痛みを伴うこの場面では、これまで焦らしていたのが嘘のように、ためらいのない優しさをもって、我に返る間もなく奥まで征服してくる。

楔《くさび》の大部分が埋まると、彼はくちびるを離し、腕の中に閉じ込めるようにしてイリュシアを抱きしめてきた。

「ついに――……」

熱くかすれた声が切なく響く。

ぴったりと身体を重ね、肌を合わせる。汗ばんで火照った、なまめかしい感触がひどく心地よい。

「貴女の肌のすべらかさも、やわらかさも、香りも……夢に見ていた以上……」

酔いしれるような彼のつぶやきに、胸が疼《うず》いた。

下肢にはわずかに痛みがある。けれど目まいがするほど長く官能の泉に浸され、じっくりとほぐされていた身体は、痛みよりも、求めるものを与えられた歓喜の方を、よりはっきりと捉える。

また、欲望を呑み込んだ蜜襞《みつひだ》がとらえる、彼の脈動に、イリュシアの鼓動までも高まっていった。

ぎちぎちと身を拓き、そして満たす熱塊《ねっかい》の、なんと獰猛《どうもう》なこと。穏やかで優しげなセレクティオンの外見とは、とても結びつかない。

大きさになじんだと思われる頃、彼がようやく動き始める。

「……ん、……く、ぅ……っ」

最初は引きつれるように痛んだ。けれどあふれる蜜に助けられ、なんとか抽送《ちゅうそう》をくり返すうち、徐々にその痛みすらも快感に変えられていく。

身体に巻きついていた彼の手は、痛みを紛らわすように胸のふくらみをやんわりと揉《も》みしだき、汗の浮いた腰や脇腹をなだめるように這った。

その親指がぷっくりとふくらんだ花芯にふれるや、イリュシアはびくりと身をひくつかせる。

その瞬間、下肢の雄《おす》がさらに深くまでずん、と埋め込まれ、最奥にぶつかる衝撃に嬌声《きょうせい》を上げた。

「ひぁっ……あ、……！」

奥まで達した彼の雄は、やがてゆっくりとイリュシアの中を行き来し始める。それでも、与えられる衝撃は手指などとは比べようもなかった。ずん、ずん、と突き上げてくるたび、つながった秘処で、ぐちゃぐちゃとはしたない水音がする。

昂《たか》ぶりきった身体の中、ずっしりとした肉塊《にくかい》に穿《うが》たれる振動が下肢を痺れさせ、目もくらむような性感を重ねていった。

どうしようもなく淫猥《いんわい》な歓喜に、のけぞらせた喉から甘い声を発しつつぶるぶると身をふるわせる。

「ふぅんっ、……あっ、……ぁぁ……っ」

「いいなら、気持ちいいと言ってください」

「……言え、ない……っ」

「私ではなく、女神にご報告するのです。この供儀《くぎ》の目的をお忘れですか？」

誘うように言いながら、彼は深く突き入れた雄茎の切っ先で、最奥をぐりぐりと押しまわした。

「あ、あぁぁっ……やぁ、それ……っ」

「何よりも、貴女が気持ちよくなることを、女神はお望みなのですよ」

激しくもだえるイリュシアの秘処《ひしょ》を探る指が、くりくりと秘玉《ひぎょく》を捏ねる。

「あぁぁっ、いやっ……いや、……同時に、しないで……っ」

跳ね上がった身体が、弓のようにしなった。快楽の渦に呑み込まれ、天地すら分からなくなる感覚に、敷布をつかみながらいやいやと首を横に振る。

と、彼もまた苦しそうに、がつん、と一層奥まで突き上げてきた。

「……貴女はいま、おそらくお心の内で私を恨《うら》んでいるのでしょうね。ですが、恨みたいのはこちらも同じです」

イリュシアの片足を担いだまま、彼は隘路《あいろ》を慣らすように、びくびくと脈打つ楔で幾度もこすり立ててくる。

「抱いてしまえば少しは熱も冷めるかと思いきや……、さらに夢中にさせられるとは――」

情感のこもったその声は、しかし初めて異性を受け入れ、その衝撃を必死にやり過ごそうとしているイリュシアの意識をすり抜けていく。

「……あぁっ、……んっ、……んんっ、……あ……っ」

「おそらく私は、貴女の虜《とりこ》となって破滅するでしょう。ですが貴女はそのことに何の感慨も抱く必要はありません」

「ふぅ……、んぅ……、は、あぁっ……」

「貴女は聖巫女。信奉者《しんぽうしゃ》の愛撫《あいぶ》にひたすら感じていればいい――……」

セレクティオンは、胸の頂を丁寧に舐めながら、左手でもう片方の先端をいじり、そして右手で、いじられすぎて痺れた花芯をぬるぬるとしごいた。

つながったままの下肢にぞくぞくと、強い喜悦《きえつ》が走り抜ける。

「ふぁっ、あぁぁ……！」

敷布をつかんだままこらえるイリュシアの秘処で、また新たな蜜がドッとあふれるのを感じた。

ひどく敏感になった全身を、絶え間なくいじられ、息も絶え絶えになる。

「……しないで、……あっ、……それ、ばかり……苦し……っ」

「私はただ貴女に快楽の奉仕をするため、ここにいるのです」

ビクビクと身体を震わせるイリュシアの、涙まじりの懇願《こんがん》にも構わず、彼は蜜壁の締めつけを味わいながら、ぐちゅぐちゅと音を立てて抜き挿しを続けた。

快感に快感が重なり、訳が分からなくなる。

「さぁ、女神にご報告を。……私のものはどんな具合ですか？」

「ん……いいっ、……気持ち……、い、い……っ」

イリュシアの肢体《したい》は、もはや自分の意志とは関係なく、彼に与えられる愛撫の愉悦を追って官能の海に埋没していくばかり。

あられもなく大きく脚を開き、蜜をこぼし、彼の腰が動くごとに蜜洞を淫《みだ》らに締めつける。そして切っ先がえぐる奥の方で大きな愉悦が弾けると、脳髄まで駆《か》け昇っていくそれに我を忘れた。

(これが、快楽——……)

女神が生み出し、人に与えた賜物《たまもの》。そして女神自身が最も好む供物《くもつ》。その理由が分かる。これは人が身も世もなく求め、溺れてしまいかねないものだ。そして——

「わ、たくしは、……ようやく……」

ようやく大人になった。女神の恩寵《おんちょう》を知る、正式な巫女となった。

その実感と共に、苦悩がこみ上げる。今夜のことは、この先も大きな秘密となって残るだろう。女神の法に背いて、一介の信徒に純潔《じゅんけつ》を捧げてしまった。それもこの至聖処《ナオス》の成人の儀に乗じてという、罪深い裏切りの末に。

涙にぬれた瞳が、正面にそびえ立つ巨大な女神像をとらえる。頭部は天井の闇に沈んでいるが、その目はまちがいなくこの儀式を見下ろしていることだろう。

「セレクティオン……」

不安をにじませたつぶやきに、彼は雄々しく屹立《きつりつ》した自身の楔で応じた。蜜にうねる媚壁《びへき》の中、浅いところにある最も感じてしまう一点を、楔でこするよう微妙な角度をつけて突き入れてくる。

「ふぁあっ……、や……ぁ、んっ……」

ぐちゅぐちゅと抜き差しされるごとに、くり返しほとばしる愉悦が全身を灼《や》き、痺れさせていった。ふくらみ、逃れようのない官能は、とうてい太刀打ちできずおそろしいほど。

そしてまた、先端が最奥を突くたび、目のくらみそうな悦楽が弾ける。弓なりに反った上半身の、凝《しこ》りきった胸の頂に吸いつきながらそれをされると、イリュシアはとどまるところを知らない快楽のうねりに頭をふって惑乱《わくらん》した。

「いやぁっ……セレクティオン、……いや……っ」

「何がおいやなのですか……？」

「いや、……っ、怖いの……っ」

いままで感じたことのない、存在することすら知らなかった、途方もない官能が恐ろしかった。大きな波が来たと思ったら、次にはさらに大きな波に襲われ、果てが見えない。いったいこれはどこまで行くのだろう？

泣きぬれて訊《たず》ねると、吸いついていた胸のふくらみから、彼がゆらりと顔を上げた。

「恐れることはありません。……快楽は女神アシタロテの恩寵です。……身をゆだねられるといい。……それが聖巫女たる貴女の使命なのですから」

彼もまた、息を詰めながら返してくる。――そして抱きしめてきた。

まるでセレスと初めて口づけしたときのように、優しく。大丈夫だとなだめるように。

「あ、……ぁ……っ」

麝香草《タイム》の匂い立つ汗ばんだ肌が頬にふれ、不安が薄れていく。

気づいていた。彼が、初めてのイリュシアが痛い思いをしないよう、丁寧にしてくれたこと。破瓜《はか》の後も、負担をかけないようどこまでも気をつけてくれていたこと。

気が遠くなるほど長い愛撫が、揶揄《やゆ》する言葉とは裏腹に、どれもすべて優しかったこと。

彼は、焦《こ》がれるような想いをこめてイリュシアにふれてきた。それは多少執拗だったかもしれないが、それでも衝動のままにぶつけてくるようなことは、決してしなかった。

「セレクティオン……っ」

好きではない。ずっと自分をだましてきた、ひどい人。けれどいまは、彼の他にすがるものがない。

イリュシアは、我知らず彼の身体に両腕をまわしてしがみつく。二つの身体の間で、汗にぬれたふくよかな胸がたわんだ。その感触に彼が息を詰め、脈動する雄がさらにふくらむ。

「よく、……味わって下さい。私を――」

ずちゅ、ずちゅ、という水音が次第に速度を早めていく。

「あ、……あぁぁっ、……ぁあぁんっ……んっ、んんんっ……」

勢いをつけ、体重をかけてのしかかってくる男の、あえて手加減をしなくなった動きに官能が昂ぶらされた。同時に、またも新たに知るすさまじい快感に、のけぞらせた身体がびくびくと跳ねる。

「あぁっ、……だめ、……やぁあっ、だめなの……ぁ、あぁっ……」

淫蕩《いんとう》な獰猛さに心は引きずられ――

マグマのように熱く甘く身体を満たす歓《よろこ》びが、限界までふくれあがる。鋭く奥をえぐり、そして蜜と共に引きずり出されていた雄茎が、淫らにうねる隘路をひときわ強く突き上げた瞬間、びくびくと弾ける。

「あっ、ぁぁあぁ……！」

弾ける快感にみだりがましい声を張り上げ、イリュシアはついに絶頂に達した。全身を走り抜ける総毛《そうけ》立《だ》つほどの愉悦が、肌という肌に波紋《はもん》を伝えていく。

ひくひくと痙攣《けいれん》する蜜洞の動きをも味わい尽くそうとするかのように、セレクティオンが腰を押しつけてくる。その動きにまた下腹がびくびくと波打った。

「あぁっ……はぁっ……、んっ――……はぁ……」

大きな大きな官能の波を越えたイリュシアの身体から、やがて少しずつ力が抜けていく。ぐったりと投げ出した四肢には、まだ淫靡《いんび》な香の効果が残っているのか、甘く痺れたままだった。

「……はぁっ……ん、……」

どうにもやり場のないその熱にあえいだところ、セレクティオンが目だけで笑う。

「……そのように色っぽい声を出さないでください。でないといますぐ、ふたたび挑みたくなります」

香は、彼の身体にも効いているようだ。情欲に染まる眼差《まなざ》しで見下ろされ、鼓動が跳ねた。

「い、いまは……だめ――……」

「そうでしょうとも」

ゆったりとほほ笑み、身を起こした彼は、薄茶色の瞳を愛しげに細め、イリュシアの頰をなでてくる。そうしながら額に、目じりに、頰に、ついばむような口づけを落としてきた。

「貴女と、一度でも身体をつなぐことができた――それが、私をどれだけ幸せな気分にしているか……、どれだけ言葉を尽くしても、きっとお分かりいただけないでしょうね」

真摯《しんし》な言葉に、心がぐらりと傾《かし》ぎそうになった。

(耳を傾けてはだめ。でないとまた、いいようにだまされるわ……)

そう呟《つぶや》いた自分に、心の片隅から声が上がる。

だまされる？　本当に？

彼の言葉を信じたいと願う思いが、またしてもそこに巣くっている。そう気がついてひどい自責の念に襲われた。以前にも、その気持ちによって事実に目をつぶったことが失敗の元だったというのに。

イリュシアは、乱れる息の合間《あいま》に重い口を開く。

「あなたが……勝手にやったことです。……わたくしには、関係がありません」

なるべく感情を排して言うと、彼の顔がわずかにゆがんだ。

「ええ、そうです。私が勝手にやったことです。このくちびるも、まろやかな胸も、私のものに貪欲《どんよく》にしゃぶりつくここも、――一度たりとも他の男に譲りたくなかったもので」

「……んんっ……」

からかう口調で言いながら、彼はまだぬれたままの秘処に、膝をぐりぐりと押し当ててくる。

「や、やめてっ……、ん――ふ……っ」

妖しい刺激にあえぐイリュシアに、彼はさらにくちびるを重ね、感触を愉《たの》しむように執拗《しつよう》に押しつけ、舌で舐めた後に吸い上げてきた。戯《たわむ》れるように、何度も何度も。

「……ん、……んっ、――ふ……」

ぽってりと腫れたくちびるをねぶられると、くすぐったさに下腹がきゅんと疼《うず》く。

「重ねればやわらかく、吸えば蕩《とろ》けるほど甘いというのに……、言葉を発するときだけ、このくちびるはなぜこうも憎《にく》たらしいのでしょう？」

「……は……っ」

浅く口づけられただけで、またしても息が上がってしまったイリュシアを、鼻先がつくかつかないかという間近から彼が見つめた。

こちらの身の内にくすぶる劣情《れつじょう》に火がついたことを、見通す目。

憎たらしいのは彼の方だ。くやしさに顔を背ける。

「……ダロスをどうしたのです？」

「貴女の成人の儀の、本来の相手であった神官ですね。……気になりますか？」

「手段を選ばないあなたから、何か被害を受けていやしないかと気にしています」

棘を交えて言うと、セレクティオンは苦笑した。

「たしかに。必要とあらばどんな手を使っても排除《はいじょ》するつもりでした。ですがダロスに関しては、そうまでする必要もなかったと申しますか……」

「どういうこと……？」

「あの男にはひそかに囲っていた愛人がおりました。子供までも。しかし自分に大役がまわってくるかもしれないという話を聞くや、あっさりその女を袖《そで》にしたのです。裏切られた女は自害を試みました。もちろん本気ではなく、命を取り留めましたが、女の家族はかんかんです。それを金品をもってなだめてだまらせることと、貴女の初めての相手を務めたという表向きの実績だけは彼のものとすることを条件に、入れ替わりに同意させました」

「最低……」

イリュシアがこぼすと、相手は優美な眉を片方だけ上げ、小さく笑う。

「ダロスがですか？　それとも私が？」

す?」

「私もひとつお聞かせ願いたい。私たちの時間を台なしにした、あの小うるさい神官は何者で

「どちらもよ」

ふいの問いに、どきりとした。左右に泳いだ目を逃さないとばかり、顎《あご》をつまれ、上を向かされる。

仄暗い影の中、薄茶色の眼差しが冷え冷えとした光を宿して見下ろしてきた。

「先日……入れ替わりについて交渉《こうしょう》するため、一度だけ昼間にこの神殿《しんでん》へ忍び込みました。帰る間際、貴女の部屋も訪ねたのですよ。ですがお一人ではなかったようでしたので、声をかけられませんでした。貴女はあの神官と話をしていらした——うっとりとしたお顔であの者を見つめ、それは優しげに笑い、楽しそうにお言葉を交わされていましたね」

「——……」

一番最近エレクテウスと顔を合わせたのは、オーレイティアがやってきた日だ。あの日、確かにわずかな間、彼と二人きりで話した。

動揺を、つばと共に呑み込む。

(見られていたなんて……)

何か余計なことを口走りはしなかっただろうか。彼の出生の秘密だけは、誰にも知られてはならない。

そう。目の前の、この油断のならない男には特に。

心を決め、イリュシアは冷ややかな薄茶の瞳を見つめ返した。

「……彼は大切な人よ。でもあなたにそれを話す義理はないわ」

「あなたに冷たい言葉の刃をふるわれるたび、私が想像の中であなたをどのような目に遭わせているか……、ご存知ですか？」

「知るものですか」

「では、これからたっぷりと教えてさしあげましょう。夜はまだまだ長い」

「いい気にならないで。本当に人を呼ぶ——……んっ……」

くちびるをふさがれる。舌で犯《おか》され、官能を覚えた下肢《かし》から、震えるほどの疼きが湧《わ》き上がってくる。淫《みだ》らな口づけ。

余韻《よいん》は押し流され、香に侵され熱をたたえたままの身体が震えて応じた。甘やかに駆けめぐる快楽の予感に思考が蕩けていく。

「ああ、……ん……っ」

声を上げればいい。快楽にかすんでいく頭の片隅で、そんな声がした。

大声で、この人はちがうと言えば……。

しかしその声は先ほどと同じように、淫らに蠢《うごめ》く舌にねぶられるうち溶けてしまう。

「はぁ、……んんっ、……んぅ……！」

いけないことなのに。望んだことではないのに、なぜ彼の口づけはこうも巧みなのだろう？　やめさせたいという意気はくじかれ、淫蕩な舌に溺れてしまう……。

「い、……や、ぁ……んっ……」

拒絶というにはあまりにも甘い声に、彼がのどの奥で笑った。

「そのようにとろんとした目つきでにらみつけて……。止めようとしているのなら逆効果ですよ。貴女がおっしゃる通り、私は卑劣《ひれつ》な手段もいとわない人でなしですから……遠慮《えんりょ》はしませんよ」

「……、ん、……ぅ……っ」

大きな手のひらで転がすようにして、まだ敏感なままの胸のふくらみを揉《も》みしだかれ、イリユシアはこらえきれず身体をくねらせる。重ねた身体の中、彼の雄が次第に硬さを取り戻していく。

「誰にもふれさせない。……貴女のこの肌には、私以外の誰にも……決して」

穏やかな、というよりも激情を強く押し殺したために平坦になったとでもいうような声音が、きれぎれのあえぎ声の合間に低く響いた。

「誰にも渡すものか……！」

＋＋＋

翌日、目を覚ましたのは昼を過ぎてからだった。

それでもなおだるい身体を無理やり起こし、務めて何でもないふうを装う。

成人の儀を終えた巫女は通常、一夜が明けたばかりのときは自分の身に起きた劇的な出来事で頭がいっぱいであるものの、いつも通りの一日を過ごすうちにその感動も薄れ、忙しさにまぎれて忘れていくという。

しかしイリュシアには、到底忘れることのできない事情があった。

自尊心の強い神々は得てして人にないがしろにされることを厭うもの。昨夜の交歓《こうかん》が――女神の掟を真っ向から無視した振る舞いが、怒りに触れているのではないかと考えると不安でたまらない。

午後になり、ついにじっとしていられなくなったイリュシアは、祈るためと断って至聖処《ナオス》に向かった。

本来であれば、そのように思い悩む信徒や神官、巫女達の告白を聞き、女神との間に立って取り成すのが聖巫女《せいみこ》の務めである。にもかかわらずそのイリュシア自身が、こんな形で自分を裏切るなどとは、女神とて思いもよらなかっただろう。

昨夜のことは何しろ自分でも信じられないのだから。

（どうしても人を呼ぼうと思えば呼べただろうに、そうしなかった……）

両手で顔を覆い、苦い息をつく。

香の効果と与えられた恍惚《こうこつ》に朦朧《もうろう》とした状態であったため、大声が出せなかったというのもある。けれど――

ひとつの迷いが、自分の口を重くしたのも確かだ。

愛していると……溺れるほどの想いを、言葉と、口づけと、愛撫《あいぶ》と――彼のすべてで伝えてきた。これが芝居《しばい》だというのなら、世の中のすべての愛の行為を信じられなくなってしまいそうなほどの真摯《しんし》さで。

彼が神殿に現れたきっかけはどうであれ、いまの彼がイリュシアを愛しているというのは本当なのだろうか……。

（だめ――それでもだめよ。神官以外の人と床を共にするだなんて……！）

自責の念は消えることがなく、今朝起きてから、様子をうかがうような巫女達の顔を直視することができなかった。目を伏せて「すべて滞りなく」というのが精いっぱいだった。

向こうは恥ずかしがっていると思ったようだ。もちろんそれもある。

（だって、あんな……あんなことを、彼と――）

身体の奥深くまで彼自身を受け入れ、かきまわされ、激しすぎる快楽に我を忘れて乱れた。

それも、幾度もくり返し。

どのようなことをするのか知っていたというのに。知識として心得ていることと、実際に体験するのとではまったくちがった。あんなにも恥ずかしく、衝撃的なものとは思ってもみなかった。

またセレクティオンに――これまで竪琴《リラ》を弾き、穏やかに語り合うだけだった彼に、あんな面があるということにおいても予想を超えていた。

いつもの物静かな印象はなりをひそめ、くるおしく愛をささやき、それが通じないとわかるとやるせなく懇願《こんがん》し、あげく脅《おど》してきた。

やさしく、けれど強引にイリュシアを翻弄《ほんろう》し、激しく獰猛《どうもう》に奪った。

（わたくしは……彼のことを何もわかっていなかった――……）

素性《すじょう》のことだけではない。目的のためならどんな手も使う非道なところや、冷静で余裕めいた顔をしていながら欲望には際限がないところ。そして信じられないほどいやらしいことを平気で言ったり、してくるところ。おまけに親しみを込めて他の男を見るだけで嫉妬《しっと》をする、子供のようなところまで……。すべて最近知ったことだ。

彼は、自分が思っていたような優しい青年ではなかった。もっとずっとしたたかで、悪辣《あくらつ》で、欲深い、ひどい男だった――

「姫、そこにおいでですか」

「――!?」

一人だと思い込んでいた場所で急に名を呼ばれ、イリュシアは驚きに目を瞠《みは》った。ふり返れば至聖処《ナオス》の大きな入口から、華奢《きゃしゃ》な人影がひとつ近づいてくる。それはよく見知った相手だった。

「エ、エレクテウス……？」

「ご様子が変だと、巫女長が神殿長に相談されてましたよ」

「いいえ。何でも……」

首を振りながらも、いましがたまで考えていたことに動揺し、頰が赤くなるのを感じる。エレクテウスが気づかうように訊ねてきた。

「昨夜のことで、何かお困りのことでも？」

「いえ、……」

「懸念《けねん》や疑問があるのでしたらおっしゃってください。役にたてると思います」

「ちがうの、本当に……っ」

質問につられて、思い出せば思い出すほど頰が熱くなってしまう。

隠すように顔を背け、背を向けてしまった姉に、エレクテウスがふと笑う気配がした。

「そのご様子では、失敗というわけではなさそうですね。ダロスが何も申しておりませんでしたので、心配はしておりませんでしたが」

その瞬間、ひやりとする。

そうだ。秘密を知る者が、自分たちの他にもう一人いた。

（それに……）

ちらりとエレクテウスを振り返る。ただ一人の身内。大切な弟。セレクティオンは彼について、大きな誤解をしていた。

危機感が、浮ついた気分を一掃する。

イリュシアを手に入れるために常軌《じょうき》を逸《いっ》した行動力を見せたセレクティオンが、恋敵《こいがたき》と思われる相手に対して何もせず手をこまねいているとは思えない。

「いいえ、やはり聞いてちょうだい。エレクテウス」

語調を改めて事情を話すと、さすがのエレクテウスも絶句したきり言葉がないようだった。

「何を考えているんだ、あの放蕩《ほうとう》貴族は……！」

青ざめた顔で考え込んだ末、憤懣《ふんまん》やる方ない様子でそう吐《は》き捨てる。

「もし人に知れたら、あいつだけじゃない。貴女だとてただではすまないというのに――」

しばらくだまって考え込んだ末、やがて少年は意を決したように顔を上げた。

「この件、オレに預からせてください」

「どうするの？」

「もちろん、このような危険な遊戯《ゆうぎ》をやめさせるに決まってます。元々あいつは気に食わなかったんです。竪琴片手に遊山《ゆさん》気分でうろつくイロノスの密偵《みってい》。財力と容姿を鼻にかけて宮廷中の女と遊びまわったあげく、適当な言葉を並べて貴女をたぶらかし、身勝手な欲望にあかせてこうまで軽率《けいそつ》な真似をするとは！」

長々とした罵倒《ばとう》のうち、宮廷中の女と遊び歩き、のところでぐさっと胸が痛んだ。

姉が地味に落ち込んでいることにも気づかず、エレクテウスは舌鋒《ぜっぽう》鋭く続ける。

「自由と不行状の区別もつかない無分別な道楽《どうらく》息子に思い知らせてやります。――この世には、やっていいことと、いけないことがあるのだということを」

イリュシアの最愛の弟にして、神殿の未来を担う逸材《いつざい》と誉《ほま》れ高い少年は、決然とした面持《おもも》ちでそう言い切ると、鋭利な紫色の瞳をぎらりと輝かせた。

＋＋＋　　　　＋＋＋

「あんたには関係ないだろう」

横柄《おうへい》に言って、ふてくされたように椅子にふんぞり返る弟を、セレクティオンはうんざりする気分で見下ろした。

「関係ないものか。父上が病に伏せているいま、おまえを監督するのは私の役目だ」

「監督？　オレは陛下《へいか》の誘いに乗っただけだ。あんたがそれを監督するっていうのか？　不敬だろう」

「夜陰に乗じて臣下の屋敷《やしき》に忍び入り、未婚の娘を二人がかりで夜這《よば》うなど、外聞が悪いにもほどがある。お側にいたおまえがきちんと諌《いさ》めるべきではないか」

「娘を襲ったのは陛下で、オレは人が来ないか見張っていただけだ。だいたいオレは悪ふざけの仲間ってことで陛下の寵《ちょう》を得ているんだ。白《しら》けさせるようなことを言えるわけがないだろ」

「ギスタロス！」

「陛下のしでかしたことの尻ぬぐいはあんたの役目だ。……話はそれだけか？」

勝手に切り上げ、逃げるように去っていく弟の背中を、苦い思いで見送る。

美少年趣味《しゅみ》で知られる彼は、政事《まつりごと》にも商売にも興味がないわりに、自らの立場や、利益にはひどくこだわる。兄と比べて才覚に劣《おと》ることは理解しているものの、自分が兄よりも下に扱われることには納得しないという、面倒くさい相手でもあった。

さらに厄介《やっかい》なことに、彼はイロノス王と妙にウマが合うのだ。セレクティオンを相談役として頼りにするのとはまたちがう形で、国王はあの弟に目をかけている。

鬱々《うつうつ》とした気分で嘆息《たんそく》した時、家人が羊皮紙《ようひし》の束を抱えて運んできた。先頃、方々に遣《つか》わした手の者たちから上がってきた報告の数々であるという。

とたん、自分の顔が険しく引きしまるのを感じた。弟を前にしたときよりも、はるかに真剣な思いで受け取ったセレクティオンは、その場でそれらの羊皮紙をめくり、急いで中身に目を通す。……しかし。

（これといって特徴はない、か――……）

手の者たちによって集められた情報は、どれも小さな断片に過ぎず、それだけでは何の意味ももたらさなかった。

だが字面《じづら》をくり返しなぞり、注意深く組み立てていくうち、何かが輪郭《りんかく》を取り始める。

（――……）

砂の中から壊れ物を掘り出すように意識を研《と》ぎ澄ませ――そしてある瞬間、ふとしたひらめきが上等な火酒《ウーソ》のように、カッと熱を発して頭の芯を灼《や》いた。

甘美な余波がじわじわと周囲へ伝わり、頭全体を酔わせていく。胸は歓喜に高く脈打ち、興奮で熱くさわぎ、じっとしていられなくなった。

寝椅子《クリネー》から立ち上がり、平らかな大理石で床に描かれた緻密《ちみつ》な絵の上を歩きまわる。革の網《サン》靴《ダル》が石の床を踏みしめる柔らかな音が、せわしなく響いた。

（落ち着け……。もう一度よく考えろ。他の可能性はないか――）

はやる気持ちを落ち着けて、可能性をひとつひとつ慎重《しんちょう》に吟味《ぎんみ》していく。それでも結論は変わらない。

目障《めざわ》りで、ひどく妬《ねた》ましいあの少年。先の聖巫女の遠縁《とおえん》としか知られていない彼について、何人もの手の者を使い、徹底的に調べさせた末に浮かび上がってきた事実は――

（やはりそうだ。まさかそんなことが……）

見つけた。思いがけず手にした。

これは彼女を自分のものにするための手段。唯一にして最大の武器となるだろう。

アシタロテの定めた禁を犯しているはずなのに、女神の助力を得ている気分だった。よもやこんな秘密が得られようとは。

しかもそれが、他でもない自分にもたらされたということに。

「誰か」

短い呼びかけに、すぐさま家の者が入口に姿を現し、膝をついてかしこまる。その頭上から、セレクティオンは細々と指示を出していった。

国を揺るがしかねないその秘密は、何が何でも独り占めにする必要がある。また彼女をふたたびこの手に抱くためにも、この先自分以外の人間が同じ情報を得ることがないよう、入念に手を打たなければならない。

(イリュシア様、私と貴女は、女神にも裂くことのできぬ運命によって結ばれているようですよ。……貴女の本意からは、かけ離れているのでしょうけれど)

二年前の満月の夜に出会った、あまりにも清らかな少女。

目を閉じれば今でも、あの瞬間をまざまざと思い返すことができる。

ふいに現れ、自分を見上げた青く透き通る眼差しに――月の光に浮かび上がる真白く精美な佇《たたず》まいに、女神が少女の姿を取って地上に降り立ったのだと信じ、心を洗われるような感動に打たれた。

結果として彼女は人間だったわけだが、聖なる女神の娘にふさわしい、聡明《そうめい》でありつつ純粋な人となりに、また別の感動を覚えた。

身分と容姿に恵まれたセレクティオンは、子供の頃から生々しい大人の欲望にさらされてきた。権力や金銭は言うまでもなく、性についてもごく早いうちから身近に接していた。

女達は競って自分の前に身を投げ出し、あるいは自ら上に乗ってきた。父は数えきれぬほどの愛人を抱え、母は見目良い男の奴隷《どれい》を侍《はべ》らし、弟は年端《としは》もいかぬ美しい少年達と好んで戯れていた。

ミラサ家だけでない。漁色家《ぎょしょくか》のイロノス王の宮廷は、先王クレイトスの時代とは比べものにならないほど乱れきっていた。

性の謳歌《おうか》はアシタロテ信仰の是《ぜ》である。しかしそれでも守るべき規範《きはん》がある。

イロノスに批判的な一派は、アシタロテの神格を貶《おとし》める無軌道《むきどう》な振る舞いを控えるよう唱えたものの、国王を取り巻く人々は耳を貸さず、ただ王の不興《ふきょう》を買うだけに終わった。

飽くことのない欲望は宮廷の頽廃《たいはい》を招き、国王派の中枢《ちゅうすう》にいたセレクティオンをして時折うんざりさせるほど。言わんや、性愛を司る女神の神殿ともなれば、内部はさぞかし乱れているのだろうと思いきや——国王にアシタロテ神殿に忍び込むよう命じられた際、目にした神殿の暮らしは意外なほど秩序《ちつじょ》だったものだった。

女神の定めた掟を守り、儀式以外での欲望を律する様は高潔《こうけつ》ですらある。彼らは古の時代より伝わる通り、性の謳歌には愛をもって臨み、双方を女神の賜物《たまもの》として敬意を払うよう、人々を教え導いていた。

そしてそんな神官・巫女たちの頂点に立つ聖なる巫女は、純潔《じゅんけつ》の女神オルテギュアとも見まごう、神々しいまでに美しい処女《おとめ》だった……。

幾度思い返しても褪《あ》せない――否《いな》、思い返すたび、胸は強い感動に疼《うず》く。

（そう、まちがいない。貴女との出会いが、私の人生を変えたのです）

自分の中で、それまで相手にしていた王宮の女達が一瞬にして価値を失った。まるでただの子供に戻ってしまったかのように、毎日彼女のことで頭がいっぱいになり、ひと月に一度の逢《おう》瀬《せ》を、胸を高鳴らせて待ち焦がれた。

随分たってから、それが自分の初恋だということに気づいた。

会えない日々を、彼女のことばかり考えて過ごしながら、いざ会ってみると他愛ない会話しかできなかったのはそのせいだ。自分を慕う彼女の眼差しから、信頼と尊敬を失いたくないという心が、不埒《ふらち》な真似を自分に許さなかった。また女神からもたらされた宝石のようなその少女を、清らかなままにしておきたい願う心もあった。

けれど同じくらい強く、うんと淫《みだ》らに啼《な》かせてみたい欲望もまた抱えていた。

彼女と向かい合っているときはいつも、そのふたつが常に自分の中でせめぎ合っていた。

埒《らち》もない冗談に笑う無垢《むく》な顔を眺めながら、不意をついて口づけ、そのまま組み敷いて自分のものにしてしまう様を幾度も夢想《むそう》した。さらにその先――頽廃の王宮で覚えた淫戯《いんぎ》を彼女に仕掛け、自分の名前を呼ぶことしかできないまでに理性を奪い、乱れさせたらどうなるか想像したこともある。

けれど女神の愛娘《まなむすめ》に邪《よこしま》な手をのばせばどうなるか、考える理性が以前はまだ残っていた。そもそも彼女の立場を思えば、一時顔を見て間近に声を聞き、他愛のない会話を交わせるだけでも奇跡《きせき》のようなものである。本来は決して望めないことなのだから。

想う少女に慕われ、誰にも邪魔《じゃま》されない、完璧《かんぺき》な時間。完璧な世界。完璧な幸福。

二年間はそれだけで満たされた。ふれることのできない苦悩にすら酔った。

けれど最近ささやかれ始めたひとつの話題が、蠟燭《ろうそく》の火のようにわずかに灯っていた理性を吹き消してしまったのだ。

成人の儀。

彼女が他の男に抱かれ、大人になるという。その後は満月のたびにちがう男と一夜を過ごし、与えられる快楽を女神に捧げる務めに励むと。

それが実現すれば、自分との、あの時間はあえなく潰《つい》えてしまう。

（許さない――……）

イリュシアの成人の儀に臨むにあたっては、アシタロテに赦《ゆる》しを乞《こ》うべく生け贄《にえ》を捧げ、誓《せい》願《がん》をたてて祈ったものの、効果のほどは定かではない。

おそらく自分はいずれ――そう遠くない将来、女神の怒りに討ち滅ぼされるだろう。

そうと分かっていても、自分から彼女が失われる未来など、決して認められるものではなかった。それを阻むためなら、どんな手段でも講じてみせる。

その思いを新たにし、拳《こぶし》をにぎりしめたとき、家人の声が自分を呼んだ。客の到来を知らせに来たようだ。

予期していた客の名前に、セレクティオンはフッとくちびるを笑みにほころばせる。

「ここへお通ししなさい」

その指示を受け、ややあって家人が連れてきた相手に――清冽《せいれつ》な白い神官衣の裾をひるがえし、颯爽《さっそう》と現れた少年の姿に、笑みを深めた。

こちらを見据える強い眼差しに胸を射貫かれる。そしてよく考えれば、その眼差しも、凛《りん》とした佇まいも、想い焦がれる誇り高い少女にどこか似ていた。

出会うべくして出会った駒が自分の前に次々と集っていく。これが女神の計らいでなくて何なのか。

セレクティオンは目の前にやってきた少年に、親しみを込めてほほ笑みかける。

「お待ちしておりました。――エレクテウス殿下《でんか》」

その瞬間、紫色の瞳が大きく瞠《みは》られ、セレクティオンは自分の推測が正しかったことを確信した。

大層威勢《いせい》良く出て行ったエレクテウスは、翌日、かえって事態を複雑にして戻ってきた。あろうことかセレクティオンに言い負かされ、彼をひそかにイリュシアのもとへと連れてきたのである。

＋＋＋　　　＋＋＋

（そんな——エレクテウスが……!?）

例によって神殿長の遣いということで人払いがされた部屋の中、イリュシアの前にひれ伏し、屈辱《くつじょく》に打ち震えながら不備を詫《わ》びる弟の姿に、信じられない気持ちをかみしめた。

若年とはいえ、姉のひいき目を抜きにしても優秀な弟である。涼しい顔で数カ国語を操り、聖典をあまねく諳《そら》んじ、弁論でも先輩の神官達を相手に向かうところ敵なしであった彼が。

いったいどのようにして密会の片棒を担がされる羽目に陥《おちい》ったのだろう？

問うようにセレクティオンに目を向けると、エレクテウスの横で余裕の笑みを見せていた相手が口を開いた。

「どうかその少年をお責めになりますな。かわいい弟君でしょう？」

「………っ」

不意打ちに息を呑む。

そして何が起きたのかを一瞬にして理解した。

セレクティオンは、どうやってかエレクテウスの出生の秘密を探り当てたのだ。さらにそれをネタに相手を脅し、ここに忍び入るのを手引きするという望まぬ行為を強いた。

（……許せない）

卑怯なやり方への怒りと、さらには、いまやただひとりの肉親である弟を守らなければという強い気持ちが生まれ、むくむくとふくれ上がる。

イリュシアは寝椅子《クリネー》に半分身を横たえたまま、冷たい声音でセレクティオンに応じた。

「それで？　こんな形でここまでやってきた目的は何？」

「無論――貴女を脅して要求を呑ませるためです」

「貴様、いい気になるな！」

しれっと言い放たれた言葉に、エレクテウスが激高する。それを片手で制した。

「わたくしを脅すですって？」

「いかにも。弟君の出生の秘密について、私が口を閉ざしているかいないかは、貴女の努力次第だとお伝えしにまいりました」

予期せぬ敗北に動揺しているのだろう。いつも冷静なエレクテウスが、いまはひどく感情的になっている。こういうときこそ自分がしっかりしなければ、と思う。

「具体的にはどうすれば？」

「満月の夜に行われる聖巫女《せいみこ》の聖婚——これを毎回私と執《と》り行っていただきます」

「そんなことは不可能よ」

「可能です」

およそ現実的でない要求を突っぱねると、相手は軽く言い、含みを持たせて笑った。

「弟君の協力があれば」

「どういうこと……？」

「エレクテウス殿と貴女は、周囲に恋仲と勘ちがいされているそうではありませんか。であれば彼が神殿に私財を寄進《きしん》して、貴女との聖婚《せいこん》を買い占めたとしても不思議ではない」

「聖婚を……買い占める……!?」

そんな話は聞いたこともない。言葉を失っていると、セレクティオンはすました顔で続ける。

「彼は神官ですから、その資格があるはずです。もちろん資金は私が用立てます。そして彼が相方として至聖処《ナオス》までやってきた後、暗闇にまぎれていた私と入れ替わる。そうすれば見張りの巫女も気づかないでしょう。ただでさえあの場は暗く、巫女達の席は褥《しとね》から離れている」

「ふざけるな！　さっきから聞いていれば……」

神聖な儀式をないがしろにする大胆不敵な計画に、エレクテウスが即座に異を唱える。

相手を見据えたままイリュシアも続けた。

「あなたは神威《しんい》をあまりにも甘く考えているわ。女神の意に背いた人間には、必ず罰が下ります。いずれ後悔するのはあなた自身よ」

「女神の威信《いしん》を軽んじているわけではありません。それほどに私の覚悟が重いとお考えいただきたい。また神罰《しんばつ》を恐れるのであれば、最初からこのようなことはいたしません」

冷ややかに見つめるこちらを、彼も微笑の中、冴え冴えと光る眼差しで受け止める。

（いったい何を考えているの……？）

そんなことをすれば、仮に事が公になった場合、責められるのはイリュシアだけではない。女神の加護《かご》を失えば国の繁栄《はんえい》にも影が落ちるのだ。聖巫女を穢《けが》し神殿を冒瀆《ぼうとく》した罪は、国王の後ろ盾《だて》をもってしても逃れることがかなわないだろう。

赦しを乞う人々によって、彼は地位を追われ、家を追われ――もしかしたら国を追われることすら、ありうるというのに……。

（本気、なの……？）

「――……」

お互い、しばし一歩も引かずににらみ合った末、イリュシアは小さく嘆息した。

「……お話は分かりました。けれどいますぐ決めることはできません。お返事は後日、何かの形で」

「姫……⁉」

そのようなこと、一考にすら値《あたい》しないと言わんばかりに、エレクテウスが声を上げる。

セレクティオンはほほ笑みながら小首をかしげた。

「相談する相手もなく、他に道もない。迷う余地などないでしょうに」

からかうような声音はやわらかい。

図星を指されたことに苛立《いらだ》ち、きつくにらみ据えたところ、かえって相手を喜ばせたようだ。

「……必要なのは考えるためではなく、覚悟を決める時間のようですね」

くすくすと笑う、余裕めいた仕草が憎らしい。

いまここで決めろと、追い詰めることも可能であるのに、まるでイリュシアのためを思って手加減をしているとでもいうかのような――その偽善《ぎぜん》に立ち向かう手段のないことが、くやしくてたまらなかった。

だまって見据えていると、彼はやがて笑みを引っ込める。

「よろしいでしょう。今日はこれにて失礼します。お返事はどうか次の満月が来る前までに。……お返事がない場合は是と考えます。言わねばならぬのに言えぬ屈辱に身を焦がしているのだと」

「だまって聞いていれば……‼」

「だめ、エレクテウス……！」

つかみかかろうと腰を上げたエレクテウスに、イリュシアはとっさに寝椅子《クリネー》から下り、しがみついて止めた。そして抱きついたまま振り仰いで首を振る。

（落ち着いて――）

眼差しで弟をなだめてから、イリュシアはセレクティオンを振り返り、にべもなく告げた。

「用はすんだでしょう？　お引き取り願える？」

不快そうに姉弟を眺めていた彼は、その素っ気ない物言いに、さらに眉を寄せる。やがてそんな自分を抑えるようにして作り笑いと分かる微笑を浮かべ、イリュシアの片腕をつかんだ。

少年の身体からイリュシアを引き離しながら、冷たい眼差しで見下ろしてくる。

「ひとつ申し上げておきたいことが」

「……何？」

「私はきっと一生忘れません」

藪《やぶ》から棒に言い、彼は、警戒するこちらの耳元で声をひそめた。

「成人の儀において、貴女が羞恥《しゅうち》をこらえて脚を開き、私の指を咥《くわ》えこんだ秘めやかな場所を見せてくださった、あの光景を」

「――セレクティオン……！」

「では次の満月に」

激したイリュシアが声を張り上げると、彼は報復はすんだとでも言いたげに、すがすがしい微笑を見せる。そして殿舎《でんしゃ》の裏へまわるようにして、密やかに立ち去っていった。

「まったく……！」

網靴《サンダル》の足音が遠ざかっていった後、赤くなった顔をごまかすように横を向きながら、イリュシアは憤然《ふんぜん》と言う。それが自分に向けられたものとでもいうかのように、エレクテウスはうなだれた。

「姫……、姫、申し訳ございません……！」

こちらの両肩をつかみ、彼は深く頭を下げてくる。

「あんなやつの言うことを聞く必要はありません！　オレのために貴女が身を売るような真似など……！」

「秘密を守るために必要だわ」

「いいえ、他にも方法はあります。あいつの口を封じればいいのです」

「どうやって？」

「常套《じようとう》手段としては四つ考えられます。脅迫《きようはく》か、買収か、相手の秘密を握り返すか、……あるいは殺すか」

「エレクテウス……！」

不穏当《ふおんとう》な言葉に思わず目を瞠る。しかし彼は動じることなく続けた。

「そのうちのどれかの方法を取ることになるでしょうね」

迷いのない口調と、ほの暗い眼差しが彼の腹づもりを伝えてくる。

（本気なんだわ……）

自分自身の身の安全と、イリュシアの名誉《めいよ》を守るために、エレクテウスはどんなことでもするつもりでいるようだ。

だが名家の子弟であるセレクティオンを脅迫、あるいは買収するなど現実的ではないし、都合よく秘密など見つかるとも思えない。とすると——

その先は想像したくもない。

イリュシアは、険しく引きしめられた弟の顔を両手で包んだ。そして意識して穏やかに話しかける。

「あなたは彼を嫌っているのね、エレクテウス」

「当たり前です。あなたもでしょう？」

「いいえ」

小さく首を振ると、彼は「え？」と怪訝《けげん》そうな顔をした。そんな相手の目をまっすぐに見る。

決して視線を揺らさないよう注意した。揺らせば、敏《さと》い彼はイリュシアの迷いや、ひるむ心を察してしまうだろうから。

「二年前に初めて会ったときから、わたくしは彼を好ましく思っていました。一度はそれもこれもすべてわたくしをだますための嘘だったと思い、絶望しましたが——そこへきてこれです」

「——……」

予想外の展開なのか、エレクテウスがとまどいを見せる。

考える余地を与えないよう、イリュシアはたたみかけた。

「彼が本当に陛下の密偵であるのなら、このような、わけのわからない危険を冒《おか》すでしょうか？」

聖婚の祭儀をそのような形で穢すことは、彼の身をも危険にさらすことにつながるのだ。女神の怒りという点でも、人々にばれた際の糾弾《きゅうだん》としても、断罪は免《まぬが》れない。

「成人の儀において、そのことを指摘したわたくしに、彼は言いました。それらはすべて覚悟の上で、そのためであれば他の何も捨てても――命を失ってもかまわないと」

「姫。ですが……」

「彼がわたくしとの聖婚に通ってくることには、何の利益もありません。ただ危ない橋を渡っているだけ。つまりわたくし、いま少し――ほんの少しだけうれしいのよ。彼の想いは本物だったのかもしれないと知って」

エレクテウスをなだめるため並べた言葉は、本心ではなかった。

セレクティオンを安易に信じることなどできない。自分は確かに世間知らずな上、策略をしかけられることに慣れていない。けれど同じ失敗をくり返さないだけの分別はある。教訓に学び、慎重に考えることも知っているつもりだ。

（浅はかな自分とは決別すると誓ったもの……）

言った通り、セレクティオンの無謀《むぼう》な行動は、国王の指示によって聖巫女を籠絡《ろうらく》にかかったわけではないように思える。しかし、不信心で退屈に倦《う》んだ御曹司《おんぞうし》が、刺激的な恋愛遊戯に興じているという可能性は否めないだろう。

相手の勢いに、訳が分からないまま引きずられてはならない。

（わたくしの心は、わたくしのもの。見失ったりはしないわ……）

決意を胸にほほ笑むイリュシアの前で、エレクテウスは釈然《しゃくぜん》としない面持ちで黙り込む。

事態が自分の思い通りにならないことに慣れていない、才気あふれる少年を愛おしく思う気持ちが胸にあふれ、イリュシアはなだめるようにその頭をなでた。

「ですから少し様子を見てみましょう、エレクテウス。もし彼に何の企みもなく、ただわたくしだけが目当てなのだとしたら……それはわたくしにとって、決して不本意というわけではないのですから」

4章　巫女は供物に捧げられ

満月の夜、至聖処《ナオス》にはふたたび、イリュシアの細いあえぎ声が響いていた。

「私の見ている前では、たとえ弟といえど、他の男と親密にふるまってはなりません。でないと私は嫉妬《しっと》でその相手に何をするか――」

「あっ、……はぁっ……あっ、……んっ……」

燭台《しょくだい》の光に浮かび上がる華奢《きゃしゃ》な肢体《したい》は汗にまみれ、胡座《あぐら》をかいたセレクティオンの上に向かい合ってまたがる形で、下肢《かし》をつなげている。彼の手は細い腰にまわされ、屹立《きつりつ》で突き上げるごとに跳ねる身体《からだ》を引き戻しては、ふたたび奥深くまで穿《うが》つ。

イリュシアは痺《しび》れきった蜜洞《みつうろ》でそれを受け止めながら、熱にうるんだ眼差《まなざ》しで、自らを犯《おか》す相手をにらみ据えた。

「は……、う……っ、卑怯《ひきょう》、者……！」

「卑怯？」

「そんな、人だとは……思わなかった……！」

「これはこれは……。弟君の前にいるときとは、ずいぶん態度がちがう」

「……心配、……かけたくない、ものっ……あっ……ふぁっ……あぁん……！」

ひときわ強い突き上げに、相手の肩につかまり、官能《かんのう》の衝撃《しょうげき》をやり過ごす。収縮する媚壁《びへき》が拾い上げる甘苦しい快楽に懊悩《おうのう》するこちらを眺め、相手は憎《にく》らしいほど平気な顔で、底意地の悪い笑みを浮かべていた。

にもかかわらず、欲望にみなぎった屹立は、絶え間なくイリュシアを穿ちさいなんでいるのだ。

「大変仲がよろしいようで」

「あの子の、安全っ、……が、……一番大切……っ」

「……自分を脅《おど》している者に対し、簡単に弱点を教えるものではありませんよ。つけこまれるだけです」

「あなたの……ように……」

「ええ、私のように」

「最低……っ、──あぁ……っ」

腰を強くを引き寄せたかとおもうと、彼は大きく膨《ふく》らんだ切っ先で、ぐりぐりと最奥を押しまわす。

「や、ぁあぁぁっ……！」

下肢の奥で快感が弾け、イリュシアの腰がガクガクと淫《みだ》らに揺れた。いつものごとく香にあぶられた身体は、愉悦《ゆえつ》を余すところなく拾ってのたうち、彼の目を楽しませるように両胸が大きく弾む。

彼は吸い寄せられるようにそこを口にふくんだ。

「はぁっ……んっ……」

「何とでもおっしゃればいい、私の女神。貴女《あなた》をこの手にするためならば、冥界《めいかい》の神にも魂《たましい》を売りましょう」

「ひぅ……っ、……みっ、見損なった、わ……っ」

「貴女は私のことを愛しているはずです。少し前まで、確かに心がつながっておりました。我々の魂はこのように深く、根元まで熱く蕩《とろ》けるほどに絡《から》み合っていたではありませんか」

「ばかっ……、最低……！」

息を乱しながら言葉をたたきつけた瞬間、蕩ける蜜壁《みっぺき》の中でセレクティオンのものがビクビクとかさを増す。

「貴女になじられると、なぜこうも興奮するのでしょう、ね？」

欲望にかすれた声でささやくと、彼はそれまでの余裕をぬぐい去り、ずちゅずちゅとひときわ激しく腰を打ちつけてくる。

イリュシアの喉《のど》から、甘く艶《つや》を帯びた声が間断なく響いた。

「やぁっ、あぁっ、……はぁっ、……やぁ、あん……っ」

自らの終焉《しゅうえん》に合わせようとしてか、彼はふいに秘裂《ひれつ》のぬかるみの中にあった秘玉《ひぎょく》を指で捏《こ》ねてくる。

「ふっ……」

「やぁ！　そこ……押しちゃ、だめぇ……っ、ひっ……あっ、あっ、あぁぁっ……！」

胸の先端《せんたん》を、ぬめる口内できつく吸い上げられ、秘玉をつまんでくにくにと転がされながら、熟《じゅく》しきった蜜路《みつろ》の最奥を太い雄茎にずくん！　と大きく突き上げられ――あらゆる快感にもみくちゃにされたイリュシアは、蜜を噴きこぼしながら全身を大きく震わせる。

「あぁ……っ……あ、っ……あぁ――っ……」

絶頂に導かれた瞬間、燃えるような激しい官能に溺《おぼ》れて頭の中が真っ白になる。感じきった声がもっとも高く響いたところで、大きく脈動した彼の屹立が最奥へ熱をたたきつけてきた。

「――ふぁ……んっ……！」

きゅうきゅうと痙攣《けいれん》する媚壁の感触を追い求め、彼は果てた後にまで腰を押しつけて余韻《よいん》を味わおうとしている。密着した下肢をじゅくじゅくと揺らされた結果、ぷっくりと充血した秘玉が相手の下腹に押しつぶされてさらなる刺激をうけ、イリュシアはまたしてもびくびくと腰をくねらせた。

「やぁっ……もう、いやぁっ、も、……いや……ぁっ」

達したばかりの粒への鋭い刺激に、蕩けきった蜜壁がうねり出す。と、中で果てたばかりの雄茎がふたたびむくむくと勃《お》き上がり、膨らんでいった。

「ひっ……ぅ……」

「まったく。我ながらきりのない……」

「――……⁉」

ふいに耳元で響いた声に、イリュシアは緩慢《かんまん》に閉じていた瞳をぱちりと開く。

「なっ……」

気がつけば、胸を押しつけるようにして、自ら彼の首筋にかじりついていた。

（なぜ？ いったいいつ……⁉）

あわてて身を離そうとしたが、セレクティオンがそれを許すはずもなく、離れていこうとした細い肢体にすかさず両腕をまわす。

その結果、彼と下肢をつなげたまま、密着して座るはめに陥《おちい》ってしまった。

「い、いいかげん、下ろしてちょう、だ……い……っ」

もがくだけで中にある彼のものを感じてしまい、くすぐったさにも似た愉悦がわき上がる。

彼は再度たくましくなった雄茎で淫唇《いんしん》を広げるように、じゅく……と腰を揺らしてきた。

「いいえ、下ろしません。貴女には少しお仕置きが必要なようですから」

「……ぁっ、……お仕置き……？」

「私に粗略《そりゃく》な態度を取ったらそうされるのだということを、これを機にしっかり覚えてもらいましょう」

こちらの動揺を見通して嬲《なぶ》る口調に、お腹の底からわき上がる甘い疼《うず》きをこらえながら、首を振る。

「なにを言うの？　神聖な……聖婚の場だというのに……っ」

「みんなやっていることですよ」

「……え？」

「聖婚は女神に歓《よろこ》びを奉《ほう》じる儀式《ぎしき》。快楽を増すためならどんな悪戯《いたずら》も許されるのです」

くつくつと喉の奥で笑いながら、彼はイリュシアの耳朶にねろりと舌先を挿《さ》し入れてくる。

熱い吐息《といき》と、ちゅく……という卑猥《ひわい》な音が鼓膜《こまく》に直接ふれ、肩がぴくりとわなないた。

「あ、い……や、……っ」

「貴女は何がお好みですか？　目隠し？　張り型？　刷毛《はけ》責め？　それとも縛りつけて自由を奪い、すべて味わわせてご覧にいれましょうか」

ささやかれた内容に頬《ほお》が火照《ほて》る。

「みんな……本当に、そんなことを……？」

おそるおそる訊《き》き返すと、彼は含み笑いで応じた。

「でなければ、必要な道具がそろえられているはずがないでしょう？」

薄茶色の瞳が、房事《ぼうじ》に際して用いられる道具が納められているという、小卓《しょうたく》の引き出しに向けられる。つられてそちらを見てしまったイリュシアは、こくりと唾を呑《の》み込んだ。

中に何が入っているのかは想像がつかない。が、セレクティオンがそれらに通じているのだろうということは、何となく分かる。

彼がそれを使ったら、きっと自分はこれまで以上に大変な目に遭ってしまうのであろうことも。

「でも……でも、わたくし……恥ずかしいのは、いや……」

目線を逸《そ》らし、頼りない声でつぶやくと、赤くなったその頰をついばむようにくちびるがふれてきた。

「いつも凜然《りんぜん》としている貴女が、こと性戯《せいぎ》に関する限り、子供のようにお可愛《かわい》らしくなってしまう」

「――……っ」

「しかたがありませんね。今日のところは、これだけで勘弁して差し上げましょう」

恩着せがましい言葉と共に、セレクティオンは手だけをのばして、近くに脱ぎ捨てられていた着衣の中から手首ほどの太さの帯をするりと引き抜く。

そして制止するまもなく、イリュシアの目蓋《まぶた》を閉ざすようにしてそれを巻きつけてきた。

「なにを――セレクティオン……っ」

反射的に、帯を取り除こうと持ち上げた手を、彼は自分の手でそっと止める。

「心配せず、私に身をゆだねてください。女神の御前《ごぜん》だということをお忘れなく」

「でも……」

ただでさえ薄暗い祭壇《さいだん》の寝台である。目隠しなどされては、視界が完全に闇《やみ》に沈んでしまう。

手探りで相手の肩を探すと、その心許《もと》ない動きに触発されたように、蜜洞を貫いていた楔《くさび》が
びくりと脈動した。

「……あっ……」

「たとえ目隠しひとつでも、貴女がつけるとひどく倒錯《とうさく》的ですね。興奮してしまう……」

「バ、バカ……っ」

「さぁ……、これで貴女を私の好きにできる。どんな目に遭わせて差し上げましょうか？」

くすくすくす……と上機嫌に笑う声音に、いまさらながら不安がこみ上げてきた。そしてな
ぜだか急に、内部で傲然《ごうぜん》とそそり立っている彼のものの存在を強く感じてしまう。

「――セレクティオン……、きゃっ……!?」

ふいに脇の下を指でくすぐられ、身体が大きく跳ね上がる。愛液《あいえき》にぬれた下肢がぬちゅ……

っと音を発し、中の欲望を締めつけた。

「ふぁぁ……ん……っ」

「少しさわっただけでこれですか……」

彼が苦笑をにじませた声音でつぶやく。

「目隠しと……それからやはり香のせいで、どこもかしこも敏感になっているのでしょうね」

「ひゃぅ……！」

右腕を取られたかと思うと、二の腕のやわらかい箇所《かしょ》に、熱くぬるついた感触があった。どうやら口に含まれたようだ。

「あ、あ、あぁ……ぁっ」

彼は大きく口を開いてそこを咥《くわ》え、飴《あめ》を舐《な》め溶かすように、ぬめる舌とくちびるでねっとりとねぶる。

「ふぁ……や、ぁぁん……っ」

彼の言う通りだ。次に何をされるか分からないという感覚が、香の催淫《さいいん》効果と相まって、身体の感覚を驚くほど過敏にしてしまっている。

いまだとて、二の腕を舐められているだけだというのに、まるで性感帯を責められているかのように、熱く弾力のある感触にもだえ、ざらついた舌の表面まで感じ取って嬌声《きょうせい》をこぼしてしまう。

「あぁっ、だめ……っ、な、んで、こんな、ぁ、あぁ……っ」

二の腕をしゃぶっていた舌に、戯《たわむ》れに腋の下をねろりと舐め上げられ、背中が大きくしなった。蜜壁がひくひくと収縮し、セレクティオンが恍惚《こうこつ》の息をつく。

「あぁ……こんなに敏感な貴女が、ここを舐められたら、どうなってしまうのでしょう？」

「え――やぁぁぁっ……！」

次はどこに、と警戒していたところ、胸を左右から寄せるようにして持ち上げられ、乳首をぬるりと咥えられた。

「やぁっ、……いや、……そこぉっ……――んっ、……んぅ……」

突然の淫靡《いんび》な刺激に、熱くぬれそぼった花弁《かべん》が歓喜《かんき》にうねり、中の楔をさらに大きく育て上げる。しかし、ぎちぎちと苦しいほどに膨らんだそれに意識を向けるまもなく、左右の敏感な胸の粒をかわるがわる、ちゅくちゅくと舐め転がされた。

「う……嘘っ、……両方は、……だめ……あっ、あぁぁっ……」

「すばらしい眺めです。貴女が下に私のものを埋め込み、珊瑚《さんご》のように赤く尖《とが》らせた胸の粒を私に吸われて悦《よろこ》んでいるだなんて」

「やっ、……いやらしく、言わないで……、あんっ……ん、ぅ……」

口ではそう言い返しつつ、容赦《ようしゃ》のない淫虐《いんぎゃく》に、相手の肩にすがって必死に上体を支える手からも力が抜けてしまいそうだった。

視界が閉ざされているいま、ただでさえ敏感な乳首で、唾液の絡む淫猥《いんわい》な音と、弾力のある肉厚の舌の感触を、あますところなく感じてしまい、胸はびりびりと痺《しび》れて溶けてしまいそうなほど。

さらに彼はそれを舌と口蓋《こうがい》ではさむようにこりこりと弄《もてあそ》び、舌でぞろりとしごいてくる。

「やぁっ、……やめてっ……、そんなにしたら……だめ、……あぁっ……あ、……ぁぁあっ」

後から後から与えられる苦しいほどの快感に、咥えたままの雄茎を、蜜壁がうねるようにきゅうきゅうと引きしぼる。

どうしようもなく悦《よ》い。けれど、悦すぎてつらい。

「普段の貴女からは想像もつかない、なんとも大変な乱れようだ……」

揶揄《やゆ》ではなく、心底驚嘆《きょうたん》しているらしい声が官能を煽《あお》った。

幾度となくぞわぞわと背筋《せすじ》を上下する、愉悦の塊から逃げようと身をよじる。そんな儚《はかな》い抵抗を、ずっしりと下肢を貫くセレクティオンの雄《おす》が、ぐちゅぐちゅと阻んだ。

「少々戯れるだけのつもりが——これは、たまらない……っ」

彼の声にも切実な響きがにじむ。

惑乱《わくらん》するあまり、もはや自分から腰を押しつけているのか、それとも彼が揺さぶっているのかわからない。

「……あぁっ、……はぁ、……お願い……だっ、だめぇ……っ、……ぁやぁあっ……！」

ちゅううっ！　と音を立てて吸い上げられるのと同時に、蜜洞の奥へ楔を突き立てられ、腰がひとりでに暴れまわった。そのせいでがつがつとお腹の底を抉《えぐ》られる。

「あぁあっ、奥っ……奥に当たって……やぁあ……っ」

さんざん嬲《なぶ》られた他の場所との喜悦《きえつ》も混ざり合い、意識が飛びそうなほどの快感となる。イリュシアは淫虐と媚香《びこう》に熟した身体をくねらせ、我を忘れてあえいだ。

「と、止まらない、……の……っ、……あぁんっ……んっ……！」

さらなる快楽を貪欲《どんよく》に追い求める腰の動きに、中に収まったままの屹立《きつりつ》が、ぐぐ……と大きさと硬度を増す。興奮に腫《は》れた蜜路をぎちぎちと圧迫されることにすら感じてしまった。

「んっ、……ふ、ううっ……」

「あぁ……すごい――貴女が私の上で、こんなにも激しく求めて下さるとは……」

感嘆のささやきが鼓膜にふれる。

そう言われるのも仕方がない。自分だけでは快感にくにゃくにゃになった身体を支えきれず、手探りで腕をのばし、身を寄せ、彼の首にしがみついているくらいなのだから。先ほどとはちがい、自らの意志で！

「セレクティオン――、あっ、……あ、……んっ、んんぅ……」

身をよじった拍子《ひょうし》に、汗にぬるついたふくらみと、敏感に凝《しこ》った乳首が、たくましい胸板にこすれる。その感覚がたいそう心地《ここち》よく、もっと、もう一度、と押しつける。

恥ずかしいことをしていると頭のどこかで理解してはいたが、燃え立つほど昂《たか》ぶらされた身体の疼きの方が耐え難く、また見えないせいか、普段よりも抵抗を感じなかった。

と、柔肉《やわにく》と胸板の間で押しつぶされていた胸の粒が、やはり硬くなっていた彼の胸の突起と重なる。その瞬間、びりびりとおそろしいほどの戦慄《せんりつ》が走った。

「はぁっ……！」

「まだ――まだいけませんよ。これはお仕置きなのですから。勝手に達するのは許しません」

ビクビクと身体を震わせるイリュシアを、彼は背中を支えるようにしてゆっくりと押し倒し、床に横たえた。

汗の流れる背中に、ひんやりとした敷布《しきふ》の感触がふれる。やがて目隠しを外された。

見下ろす薄茶色の瞳は、イリュシアと同じく欲望にうるんでいる。

「性愛を司る女神の娘なだけありますね。……気の毒なほどに敏感で、これほどまでに官能に貪欲とは」

燭台のほのかな明かりに、汗と唾液にぬれ、先端をとがらせて張り詰めた胸が浮かび上がっていた。淫猥な白い胸は、乱れる息に合わせてふるふると揺れている。まるでもっと、もっとと快感を求めるかのように。

それでなくても快楽の階《きざはし》を上る途中で止められてしまい、淫蕩《いんとう》な熱が身体の内部で燻《くすぶ》っている。

「セレクティオン、……あっ……」

「達《い》きたいんですね？」

しっとりと濡れたふくらみを手で包み、その先端を指でつまみながら、彼はあえぐイリュシアに意地悪くほほ笑みかけてきた。

「でしたら私に、何か言うことがあるでしょう？」

「言う……こと……？　——あ……」

『貴女は私のことを愛しているはずです』

自分も彼を愛していると。彼とのこの供儀《くぎ》を歓《よろこ》んでいると、言えと？

その求めに、イリュシアはいやいやをするように首を振る。

「ちがう、わ……」

彼はエレクテウスの安全を盾《たて》に、淫《みだ》らな行為を強要してきている。自分がいま言いなりになっているのはそのせいだ。他の理由はない。……という内心を、知ってか知らずか。

「私はかまいません。……我慢するのも嫌いではありませんので。あと少し、こうして貴女に焦《じ》らされていることにしましょう」

余裕たっぷりとは言えないものの、イリュシアよりはるかに涼しい顔で、彼は蜜壺《みつつぼ》に埋め込んだ自身をずくり、と動かした。

「はぁっ、ん……！」

「さぁ、女神に見ていただきましょう。快楽に弱い貴女がどこまで耐えられるものか……」

笑みを浮かべて言いながら、セレクティオンはさらにずくずくと雄茎を動かし、また手をのばしてぬるん、とふくらみを捏《こ》ね、快感に尖りきった乳首をこりこりといじる。

イリュシアの下腹の奥にたまったたまま、刺激を求めて燻《くすぶ》っていた官能の火は、あっという間に燃えあがった。

「やぁあ、……そんな、ぁっ……！」

たちまち身悶《みもだ》えるイリュシアの反応を受けて、セレクティオンの動きも大胆になる。腰を押しまわして力強く最奥をえぐり、柔肉に指が食い込むほどに胸をまさぐり、大きく口を開けて赤くとがった頂《いただき》をほおばろうとする。

「そんなっ、……動いちゃ、だめ……あぁっ、も、揉《も》むのもだめ――……やっ、あっ……あぁ、な、舐めるのもやぁっ……！」

いっぱいに張りつめた剛直《ごうちょく》で、ずん、ずん、と強い抽送《ちゅうそう》を受け、イリュシアはあられもない声を発しながら首をふった。淫らな舌で充血した乳首を舐められ、溶けるまでしゃぶると言わんばかりの執拗《しつよう》な口戯《こうぎ》に、身の内を満たす淫蕩な熱がさらにあさましくふくれあがる。

甘苦しい痛みと、痺れるような陶酔《とうすい》と。

絶え間なく交互に与えられる責め苦に、ぐっしょりと濡れた淫唇《いんしん》をひくひくとわななかせ、大きく背中をのけぞらせた。

「あう、あ、……はぁっ……、も、だ、だめぇ……、あんっ、ぁあ……っ」

「聖巫女《せいみこ》ともあろうお方が……。この感じようが、脅されているせいだとでもいうおつもりですか？」

嬲る言葉と同様に、セレクティオンの手つきにはどこまでも悩《なや》ましく、そして巧《たく》みだった。おまけにイリュシアの反応をうかがい、絶頂の寸前にとどめおくために、手管《てくだ》を駆使《くし》してかかってくる。

「認めてしまいなさい。そうすれば楽になれる……」

「ひっ、……あぁ、……そこ、ぐりぐりっ……するの、やめてぇっ……んっ、ぁぁあ……！」

もっと強い刺激がほしいと、あさましく収縮する柔襞《やわひだ》のもっとも感じやすい部分を、角度をつけて突きこまれる剛直に抉られ、燃え立った官能に身体を激しくのたうたせた。

あと少し——そんな淫らな思いに胸が焦《こ》げる。

喉をのけぞらせて見上げた頭上に、女神像があった。豊穣《ほうじょう》と性愛の恵みを人に約束するアシタロテ。その偉大なる存在に、快楽を捧《ささ》げるのが自分の使命。

そう。これは聖巫女の務めなのだ——

「……して、る……っ」

泣きぬれた瞳から、喜悦の涙がこぼれる。

「セレクティオン、……愛してる、わ……っ」

理屈も。感情も。他の何をもってしても埋め合わせることのできない飢餓《きが》に陥落《かんらく》した。

官能の波頭にもまれながら懇願《こんがん》するイリュシアに両腕をまわし、きつく抱きしめて、彼は切なくささやいてくる。

「もう一度お聞かせください。どうか──」

「あ、……してる……」

「もう一度」

「……愛してる、セレクティオン……だから──ちゃんと、して……っ」

「かしこまりました。愛《いと》しい方、何度でも」

と、やおら身を離し、汗ばんだ細い肢体を二つ折りにする勢いで、ずぶずぶと突き上げ始めた。

「えっ、……ま、待って、……そんなっ、急に……あっ、あぁっ、ぁあぁ！」

熱く腫れた蜜路を、ずっしりとした熱塊《ねっかい》でひと息に奥まで穿《うが》たれ、待ち焦がれた衝撃にイリユシアは高く啼《な》く。

それまでのやんわりとした抽送とは打って変わった、重く鋭い律動《りつどう》に、目蓋の裏がちかちかするほど感じてしまう。壊れたように蜜をあふれさせる淫唇をぐじゅぐじゅと貫かれながら、イリユシアはどこもかしこも愉悦《ゆえつ》に粟立《あわだ》つ全身を震わせた。

「ひぅっ、はぁっ、あぁんっ……！　やぁっ……──セレク、ティオン……っ」

「どうしてくれるのですか──」

イリユシアの乱れように、セレクティオンもいつになく興奮しているようだ。ままならぬ思いをぶつけるかのように、蜜にまみれた屹立を乱暴な腰つきで突きこんでくる。

「私は貴女に夢中です。抱けば抱くほどに溺れてしまう未来が目に浮かぶ……」

会えるのはひと月に一度。それも、人前では決してふれることができない──その現実への煩悶《はんもん》に、彼は優美な眉根《まゆね》を寄せた。

「ひと月は長すぎる……！」

今宵《こよい》、彼は既に三度果てていた。それでも媚壁《びへき》をこすりたてる欲望は、とどまるところを知らないかのようにそそり立ち、奥深くまで抉ってくる。

「まるで苦行です。砂漠でさまよう中、思い出したように与えられる水で無理やり生かされる旅人の気分だ」

「あっ、……ぁぁんっ、奥、奥に……当たってっ……はぁっ、深……あぁぁっ……！」

快感にのたうつイリュシアの腰をつかんで押さえつけ、彼はずん！　とひときわ激しく最奥に突きたててくる。それはあやまたず、奥の一番感じるところをごりっと切っ先で抉りたてた。


──


「ひぁっ、ぁぁあぁ……！」

突き抜ける衝動に、イリュシアは頤《おとがい》を高く上げてあられもない声を響かせる。待ちに待った快楽の高みに達し、奥の奥まで押し込まれていた剛直を、蜜壁が淫らにしぼり上げる。ほぼ同時にそれは力強く欲望を放った。

「あ、ぁぁあ……っ」

ひくひくと痙攣《けいれん》していた腰が、やがて弛緩《しかん》していき、浮いていた臀部《でんぶ》をぺたんと敷布に落ち着ける。

「あ、……っ、……はぁ……っ」

息も絶え絶えで身を投げ出したイリュシアを、彼はかたわらに身を横たえた後、長い腕をのばしてとらえ、深く胸に抱きしめてきた。

たとえイリュシアの言葉が快楽責めにして言わせただけのものであるにしても、――それでも、身体だけは自分のものだと言わんばかりに。

「――い、いまは……だめ……っ」

汗にまみれた肌が重なる感触は心地よく、彼の香りも、打ちつける鼓動《こどう》までも感じ取ってしまう。そのせいで落ち着かなくなった自らの心臓の音を隠すように、イリュシアは力の入らない手で、なんとか彼の胸を押し戻そうと試みた。

しかし彼はかまわずに、抱きしめる手に力を込めてくる。

「冷たい仕打ちには必ず私の報復があると、そろそろ理解していただきたいものですね。うんと気持ちのいいお仕置きが。それとも――」

頬をすりつけるようにして、セレクティオンは、逃げ腰のイリュシアの耳に低くささやいてくる。

「それを期待して、わざとつれなく振る舞われているのですか？」

「ちがうわ……っ。あなたが真実を……見ようとしないから……」

「真実を？」

「この聖婚は、わたくしの意志ではないも、の――あっ、や……っ」

ふいに身を起こしたセレクティオンに、横たえていた身体の右脚だけを持ち上げられ、イリユシアはうわずった声を上げげた。ずり下がって逃げようとするが、それよりも早く、彼は投げ出されたままだった左の大腿《だいたい》に腰を下ろしてくる。

右の膝裏《ひざうら》をつかんで上体に押しつけられ、はしたなくさらす形となった淫唇に、彼はまたしてもたくましく勃《た》ち上がった楔《くさび》の亀頭《きとう》をぬるりぬるりと押し当ててくる。

「あ、ぁっ……、や、やめて……っ」

「どうやら、気持ちのいいお仕置きを望む貴女に、たっぷりとお応えしなければならないようですね」

押しつけるように言うや、それまでの淫事でふっくらと腫れた割れ目に、屹立がずぶずぶとひと息に挿入《そうにゅう》されてくる。

「あぁあぁっ……！」

「四度目ともなると、簡単に呑み込んでしまいますね。ここはもう愛液と、私の放ったものでドロドロですし……」

彼の言うとおり、幾度も彼を受け入れたそこは、荒々しい抽送をも難なく呑み込んだ。知り

尽くした内壁《うちへき》の中を、屹立が、弱い箇所ばかりを抉りながらぐちゅぐちゅとかき混ぜる。

「あんっ、……やぁ、……あぁぁっ、……！」

「悦いところをこすられて、気持ちよさそうなお顔ですね。けれど……欲深いこのお口は、もう私のものだけでは足りないのではありませんか？」

言うや、彼はじゅくじゅくと蜜をこぼす秘裂《ひれつ》に、人差し指を潜り込ませてきた。

「ひっ、あ……やぁっ、そんな……！」

いっぱいに拡げられたそこを、さらに引きつるような感覚が襲う。しかしそれも最初の内だけで、剛直と共に埋め込まれた指が、秘玉《ひぎょく》の裏の最も感じてしまう場所をくりくりと刺激すると、イリュシアの腰は快感にぐずぐずと蕩《とろ》けてしまった。

「やめて……っ、もう、しないでっ……あっ、……あぁっ……」

「すごいですね。いつにも増してビクビクとうねって締めつけてくる——それでは、こんなのはどうです？」

「ひぁっ、ぁあぁぁぁっ……！」

先ほど彼の下腹にこすられすぎて甘い痺《しび》れの残る花芯《かしん》を、親指でぐりぐりと捏ねられ、強すぎる快感に意識が飛びそうになる。

中と外から同時にもたらされる淫虐《いんぎゃく》に、尽きることのない官能の渦が下肢《かし》の奥で暴れはじめ、性感の稲妻《いなずま》が幾度も背筋を貫いた。

「あぁぁん、……あっ、……はぁっ……も、もう、こすっちゃ……いやぁあぁっ……！」

汗にまみれた身体を弓なりに反らせ、ひくひくと痙攣をくり返すほっそりとした肢体を、彼はのめり込むような眼差しで愛しげに見つめてくる。しかし色恋の経験が浅いイリュシアには、それが移ろいやすい一時的なものなのか、それとも真実の想いであるのか、どうしても判別がつかなかった。

さらにまた、物を考える余裕も与えられず、獰猛《どうもう》な剛直と淫らな指戯《しぎ》によって官能の淵に沈められてしまう。

「どうかお覚悟を。ひと月分の私の欲求をすべてその身で受け止めるのは、おつらいでしょうから」

決然とした宣言通り、イリュシアはその後、果てても果てても形を取り戻す彼の欲望から、白々と夜が明けるまで解放されることがなかった。

＋＋＋　　　＋＋＋

「どうして竪琴《リラ》を持ってこないの？」

次の満月の夜。

至聖処《ナオス》の祭壇にしつらえられた聖婚の場において、いつもの通りエレクテウスと入れ替わりに暗がりから現れたセレクティオンに目をやり、イリュシアは開口一番そう言った。

いきなり強い口調で責めるように問われ、驚いたようだ。近づいてきた彼は、距離を詰めすぎることなく、少し離れたところに膝をつく。

「聖婚の場において悠長に竪琴を奏《かな》でるなど、聞いたことがございませんので……」

「あなたの関心はすっかり、わたくしの心ではなく、身体に移ってしまったようね。わたくしが友人として尊敬していたセレスは、本当にいなくなってしまったんだわ」

不機嫌にそっぽを向くと、彼はいとも簡単にひれ伏した。

「竪琴の演奏をご所望とは気がつかず……申し訳ありません」

それを目にすると今度は、国王の側近と目される人間が、そんなに簡単に頭を下げていいのか、という思いに神経がささくれ立つ。

日中、ひどくいやなことが起きて動揺し、ずっと気が立っていた。いわば八つ当たりである。

(かまうものですか)

イリュシアを自分の物だと、事あるごとにうそぶいている相手である。それならこういう面も受け止められるのかと、試す思いで、本来彼に対してではない怒りをぶつけたのだ。

今夜も『女神の雫《しずく》』が焚《た》かれている。香りに侵され熱く火照《ほて》る身体をもてあましながらも、頑《かたく》なに横を向いていると、彼はイリュシアの様子がいつもとちがうことに気づいたようだった。

「何かお変わりでもありましたか。それとも私に何か落ち度が?」

こちらの様子を注意深くうかがいながら、慎重な口ぶりで訊《たず》ねてくる。

髪の毛一筋ほどの変化も見過ごすまいとする真摯《しんし》な態度。同時に、自分が何かしでかしたのか、必死に思い返している顔でもあった。

平静を装っているつもりだろうが、そのくらい分かる。彼がイリュシアの変化に敏感なのと同じ理由で。

「あなたにとって、わたくしの価値が聖婚にしかないのは分かっているけれど……」

すねた口調で言うと、彼は弾かれたように上体を起こした。

「とんでもない！」

そして、どうしてもイリュシアの視界に入る場所へと移動してくる。つまりは目の前へと。

「どうかそのようにおっしゃらないで下さい」

言葉と共にのばされてきた手から、顔を背《そむ》けて逃れた。

「でもわたくしから聖巫女の地位を取ったら何も残らないわ。いまは王女でも何でもないのだから」

「イリュシア様――」

「さわらないで……っ」

思わずこぼれた拒絶の言葉に、身を寄せてきていたセレクティオンが、ハッとしたように離れた。

我ながら聞き分けのない子供のようだ。自分でもとまどってしまう。香りのせいだろうか。自分の感情だというのに、きちんと舵《かじ》を取ることができない。

（こんなことは、初めて……）

見れば、セレクティオンもめずらしく困惑している様子だった。

八つ当たりとも知らず、そんなふうに狼狽《ろうばい》してどうするのだろう?

自分でも何がしたいのか分からず、焦れるばかりで空まわりする感情に苛《さいな》まれながら、くちびるをかむ。

訳の分からない不機嫌になど取り合わず、いつものように問答無用で、物を考えることができないような快楽をもって征服してしまえばいいのに。

そんな勝手なことを考えているとも知らず、彼はいつまでもイリュシアの前にひざまずいたまま、こちらに何があったのかを知ろうとしている。

いつも揶揄《やゆ》の笑みを浮かべている薄茶色の瞳には、心配そうな光が浮かぶばかりで、埒《らち》の明かないこちらの態度を咎《とが》めるような気配はまったくない。

「イリユシア様、……お心を安らかにするために、私にできることはありますか?」

穏やかにそう訊ねられるに至って、自分の子供じみた振る舞いが恥ずかしくなった。

辛抱《しんぼう》強く答えを待つ相手に向け、ややあってイリュシアはぽつりと応じる。

「……香がいや」

「香が？」

「今日はそんな気分ではないのに、香りのせいで身体だけ昂《たか》ぶらされて……心がついてこないの。とてもちぐはぐで、いやな心地よ」

「そんなことですか。では……」

ホッとしたように言うと、セレクティオンはすぐさま香炉《こうろ》の火を消しにかかる。

さらに褥《しとね》の敷布をつかんで大きく翻《ひるがえ》し、立ちこめる香りを払おうとした。敷布の上に散らされていたオレンジの小さな白い花が、薄闇《うすやみ》にはらはらと舞うのをぼんやり見つめる。

彼が自分の言葉に、あまりにもたやすく従うことに驚いた。これまでは従わされるばかりだったから。

「ほかには？」

惚《ほう》けたように見つめるイリュシアの前に、少し距離を詰めたところまで近づき、セレクティオンはやわらかく問いを重ねる。

「何でもおっしゃってください」

ふわりと笑う顔は、セレスとして相対していた昔のよう。

その頃の幸せな気分を思い出し、つい心がゆるんだ。普段であれば決して口にしないことを告げる。

「……言いたいことはあるけれど……聖巫女として、言ってはいけないことよ。満月の夜なのだもの」

「今夜は、聖婚に乗り気ではいらっしゃらないのですね」

「いいえ、わたくしは平気。歓びを奉じなければ」

「そのようなお気持ちでは、女神も愉《たの》しまれることができませんよ」

「でも……」

つぶやくと、彼はイリュシアをそっと抱きしめてきた。

「とはいえ、お身体に香の影響が残ったままというのもおつらいでしょう」

そしてその場に胡座をかくと、イリュシアを横抱きにするようにして膝に乗せる。結果、男らしく整ったきれいな顔が間近に来て、ふいに胸がさわいだ。

「……何を期待されているのですか?」

フッと意地悪くほほ笑まれ、決まり悪さについと横を向く。

「期待など、何も」

「ようやくいつもの貴女に戻ってきましたね」

イリュシアの頬に口づけながら、彼はささやいた。

「もう少し脚を開いてください」

「――――っ」

「貴女を歓ばせるだけです。香の効果が抜けたら、おしまいにしましょう」

耳元で低くささやかれ、腰がぞわぞわと妖しく疼《うず》いた。火照ったままの顔がさらに熱くなる。羞恥《しゅうち》をこらえてそろりと脚を開くと、彼の手がするりとその隙間《すきま》に潜り込んできた。いたずらな指は、いつもであれば焦らすようにあちこちを探索してまわるというのに、いまはまっすぐに脚の付け根をつついてくる。

やわらかな部分を、割れ目に添ってふにふにと指の腹で刺激されると、とろりと、秘密の場所で蜜がにじむのが分かった。

「……っ、ふ……」

湧《わ》いてきた蜜を指先にからめ、彼は早速それを花芯《かしん》にまぶすようにして、くるくるといじる。

「あ、ぁ……っ」

指戯に感じている様を見られたくなくて、相手の胸に顔を押しつけて隠した。と、血が集まって敏感になった耳朶《じだ》に、彼のくちびるがふれた。

「貴女がいつもお変わりなく毅然《きぜん》と高貴なお姿でいらっしゃるのは、意識してそう振る舞われているからでしょう」

耳たぶに口づけられ、ささやきと共に当たる熱い吐息に、ぴくりと肩が揺れてしまう。

次第に濡れていく秘裂《ひれつ》を、繊細《せんさい》に動く指がくちゅくちゅとくすぐり、また他の指が、ぬるりぬるりと花芯をとらえて弄《もてあそ》んだ。

「あ、……ぁっ……んっ」

「聖巫女という特別なお立場ゆえ、何があっても表に出すことができず、呑み込んで、何事もなかったかのようにほほ笑まれていらっしゃるのでしょう?」

「……ふ、ん……っ」

じん……と湧き上がった甘い痺れに、やがて蜜口《みつくち》はたっぷりと濡れてやわらかくなる。そこへちゅく……と指が入り込んできた。

それはゆっくりと奥まで潜った後、くちゅくちゅと恥ずかしい音を立てて媚壁《びへき》を拡げ、しばらく抜き挿しをくり返してから、最も敏感な秘密の場所を探り当てる。そしてそこを、指の腹でくりくりと刺激してきた。

「あっ、そこ……そこ、や、あぁぁ……っ」

とたんに発した強い愉悦《ゆえつ》に、イリュシアは下肢をビクビクと引きつらせる。

セレクティオンの腕の中、身を丸めて官能をこらえていると、彼はなおもぐちゅぐちゅと手を動かしながら、空いている方の手でひくひくと震える身体を抱きしめてきた。

「本当の貴女は気が強く、好奇心に満ち、自由へのあこがれもあるというのに……、そういった、立場にふさわしくない面は隠していらっしゃる」

「んっ、あぁ……んっ——や、あ……っ」

中を刺激しながら同時に花芯もいじられ、ざわりと喜悦《きえつ》が背を伝う。快感に慣れた身体はすぐに頂《いただき》へと上り詰めていき——しかし勝手知ったる指は、あと少しというところで動きを止めてしまった。

「あっ……、……どうし、て……っ」

欲望にうるんだ目で見上げると、彼は薄い笑みで応じる。

「私にいったい何を隠していらっしゃるのですか？」

ゆるやかにかきまわされる蜜口からは、ぐちゅぐちゅと恥ずかしい音がたつばかり。

「あぁ……っ」

身悶《みもだ》えるイリュシアに、彼は平淡な声で問いかけてきた。

「今日、ご機嫌を損ねているのはなぜです？　腹を立てているというよりも、常にないことが起こり動転されているのを、何とか押し殺そうとしているようにお見受けします」

「や、ぁ……セレ、クティオン……ッ」

「他の人間であれば欺《あざむ》けるかもしれませんが、私はごまかされませんよ」

問われたことに、泣きたくなった。長く仕《つか》えてくれている巫女ですら、そこまで気づくことはなかったというのに。

イリュシアは手を持ち上げ、彼の衣をにぎりしめる。逃げてしまった快感を乞《こ》うように――

あるいは、自分の異変を察してくれた相手にすがるように。

「陛下《へいか》が……わたくしと、……聖婚を行いたいと、おおせで……っ」

「な――」

耳にした答えに彼は絶句し、イリュシアの内奥《ないおう》をかき回す手を止めた。

「どういうことですか?」

「……お願い、……セレクティオン……っ」

さざ波のように身の内でざわめく甘苦しい痺れを、どこかにやってしまいたい。

乱れる息をこらえ、かすかな声でねだるように言うと、彼は思わずといった様子で、吐息にぬれたイリュシアのくちびるに自らのそれを重ねてきた。

「は、ん……、……んっ……」

押し開かれ、侵入してきた舌に淫《みだ》らにからみつかれ、背筋をぞくぞくと愉悦が這《は》う。下肢では内側の秘密の場所と花芯のふたつを同時にいじられ、意識はあっという間に官能のうねりに呑まれていった。

「――んっ、……ん、んんんっ……!」

巧みな指に感じやすいところばかりを責められながら、舌を強く吸い上げられ、脳髄《のうずい》が痺れるような強い快感に襲われる。

ぶるぶるとうち震えながら硬直する身体の中、媚壁がきゅうっと彼の指を締めつけるのを感じ、羞恥《しゅうち》に目眩《めまい》がしそうだった。

「……はぁ……、はぁ……っ」

ぐちゅ……と、イリュシアの内部から引き抜かれた彼の指が、手のひらまで愛液にぬれているのを目にして、いたたまれなくなって目を逸らす。

そんなイリュシアの耳元で、彼はくすりと笑った。

「『女神の雫』の効果は強い。一度では足りないでしょう？　後でもっとして差し上げます」

そう言いながら、彼は濡れた手を布でぬぐう。

「いまは、先ほどの話をくわしく聞かせていただきましょうか」

その白い繊手《せんしゅ》がどれほど巧みに、そして淫らに自分にふれるかが思い出され、イリュシアは真っ赤になった。

「くわしくって……言った通りよ」

これも薬の効果なのだろうか。極まった後もドキドキと忙しなく鳴る鼓動を押さえながら、一向に自分を放そうとしない腕の中、ぽつりぽつりと話し出す。

「陛下は……わたくしが街で話題になっていることを、どこかで耳にされたようなの。そして興味を持たれたのではないかしら……？」

「それは許されないことです。聖巫女の相手を務めることができるのはアシタロテの神官《しんかん》のみ」

自分のことをきれいに棚に上げて、セレクティオンが憤然《ふんぜん》と言った。

イリュシアは小さく首をふる。

「ですがあの方は元より禁忌《きんき》をものともしません。……言うことを聞き入れなければ、エレクテウスを辺境の神殿へ送り飛ばすと、内々に使いが来て……」

口調はそこで重くなった。

法律上、国王は神殿《しんでん》のことに口出しできない決まりである。しかし地上の支配者として圧力をかければ、神官のひとりやふたり、進退を左右する程度は可能だった。そしてかの王は、自らの欲することを行うためには果てしない情熱を見せる。

「エレクテウスに言えばきっと、どこへ送られてもかまわないから断れと答えるでしょう。ですがもし雪山の神殿に送られて身体を壊してしまったら？　もし、戦場に近い神殿に送られて、巻き添えにあって怪我をしてしまったら？　……そう考えると不安で、彼に相談することもできません」

「イリュシア様……」

「幸い、イロノス王は移り気な方。一度望みをかなえてしまえば、そう長いことわたくしにこだわりはしないでしょう。――ですから、ほんのしばらくの間、あらゆることに目をつぶるのが得策だろうと、心を決めたところです」

「ばかな……」

「でもわたくしは……そもそもあの方を嫌っています。あの方はわたくしの父の鼻を明かすために母を乱暴しました。それだけでも許しがたいのに、さらにわたくしまで……！」

あの人だけは、どうしてもいやだ。

そんな思いを押し殺し、王宮の使者からの求めにうなずいた。不快感を表に出さないよう自分を抑えていたものの、内心の拒絶感は果てしなかった——

最後まで聞くと、セレクティオンはイリュシアを両腕でしっかりと抱きしめる。

「なぜすぐ私に相談して下さらなかったのです？」

「相談……？」

思いがけない言葉と、力強い腕にとまどった。

（相談、ですって……？）

そんな発想はなかった。

こういう問題は自分で何とかしなければならないことだと思っていた。現にいままではそうしていた。

（でも——）

本当は怖くて、不安で、誰かに頼りたかった。そのことに、不意に気づく。

父が亡くなった時も、王宮を追われた時も、そして右も左も分からない神殿の中で、特別な存在としての役割を求められた時も。

誰かに、無条件で自分の味方をしてもらいたかった。

だから……目の前に差しのべられた救いの手に、ふらふらと応じそうになり、直後そんな自分を叱咤《しった》する。

（ばかな。何を考えているの……？）

彼の家は父の――そしてもしかしたらエレクテウスの、政敵に当たり、なおかつ彼自身はイリュシアの信頼をひどく裏切った相手だ。

イリュシアを愛していると――まるで本気と錯覚してしまいそうなほど真摯《しんし》に訴えてくるが、忘れてはならない。セレクティオンがここにいるのは、自分と弟とを脅迫《きょうはく》した結果である。

イリュシアを助け、安心させるためにその腕の中に抱くのは、彼であってはならないのだ。

(これ以上、心を許してはならない――……)

自分と弟を守ることができるのは、自分自身しかいないのだから。

イリュシアは努めてよそよそしく応じる。

「どうやって連絡が取れたというの？　それにもしできたとして、あなたに話してどうするの？　あなたは陛下に近しい者として、その意向に背くことなどできないのに」

「ええ、私は確かに国王陛下に近しい者。ですが貴女はやり方次第で、私に主《あるじ》を裏切らせ、思いのままに操ることができるのですよ」

「操る……？」

またしても思いもよらないことを言われ、小首をかしげる。

相手は色めいた微笑《びしょう》を浮かべてうなずき、甘い声で告げた。

「私に媚《こ》びればいいのです。うんと媚びて淫らな誘いのひとつもささやけば、貴女は私を意のままにできる。利用されているだけだとわかっていても、私は貴女の願いをかなえるべく、力を尽くさずにいられないでしょう」

（まさか――）

心の中で即座に否定するが、彼の顔は少しもふざけている様子ではない。

これも懐柔《かいじゅう》の作戦のひとつなのだろうか？

ぐらつきそうになる自分を支えながら、イリュシアはそっけなく返す。

「聖巫女のわたくしがあなたに媚びるなんて、そんなことはあり得ないわ」

「そうですね。だいたい媚びられるまでもなく、貴女に他の男がふれるかもしれないと聞いただけで、私はどうにかせずにはいられません。ここに――」

言いながら、彼はふたたびイリュシアの下肢《かし》にふれてきた。

「私以外の男が指を挿れると考えただけで、不快感で頭が煮えたぎりそうになります」

「あっ……」

ぴくりと肩を揺らした身体をそっと褥に横たえ、彼は横に手をついて見下ろしてくる。燭台のわずかな明かりの中、その顔は自信を込めて艶やかにほほ笑んでいた。

「私にお任せ下さい。必ず陛下に貴女をあきらめさせてご覧に入れます」

「どうやって……？」

「近しい者であるからこそ、できることがあるのですよ」

ささやきながら、彼はやおら、仰向けに横たわっていたイリュシアの脚を持ちあげて開かせた。

立てた膝の間に彼の身体をはさむ形となり、狼狽する。

「なにをするの……？」

「なんだと思いますか？」

ふと笑って問い返され、『後でもっとして差し上げます』という先ほどの言葉を思い出す。

「も、もうけっこうよ。大丈夫だから……」

「本当に？」

試すような問いと共に、内腿《うちもも》をすうっとなでられ、背筋をびくりとふるわせた。

嘘だ。身体にはまだ微熱が残り、下肢の奥では官能の熾火《おきび》がくすぶって疼《うず》き、肌は刺激を求めて張りつめている。

イリュシアはそれらをこらえるように、くちびるを噛《か》んだ。

「さ、さわらないで……っ」

「では舐めて差し上げましょうか。それとも――」

持ち上げた大体の内側をねろりと舐め上げ、彼はそこに甘く歯をたてる。

「噛む方がお好みですか？」

「だ、だめ……っ」

口ではそう言ったものの、香の働きに侵された身体は、待ちかねたように肌をざわつかせた。

とろとろと、ふれられてもいないのに、秘裂《ひれつ》から蜜がにじみ出すのを感じる。

「仮にもアシタロテ神殿秘伝の香の効果を侮《あなど》ってはいけません。ここで落ち着かせておかないと、今夜は疼く身体を抱え、私との交歓を思い出しながら一晩中身悶えるはめになりますよ」

「最、低……っ」

「おっしゃる通り。私は最低な人間なので、お仕置きの機会は逃しません」

「え……っ」

不穏《ふおん》な言葉に、青い目を見開く。

「嘘つき……。今日はしないって……っ」

「そのつもりでいた私を、冷たい言葉で煽《あお》ったのは貴女です」

ふふ、と小さく笑うと、セレクティオンは一度達したためぬれていた花弁《かべん》に、指を二本も挿し入れてくる。ざわめき始めた媚壁の動きを感じ、息を詰めた。

「今日は、……いやっ、……したくない、の……っ」

「でしたら、私にもう少し優しいお言葉をかけるべきでした」

「ひどい……っ」

「いまさらですね」

「――あっ……」

あらぬ場所をくちゅくちゅとかきまわされ、ひくん、と腰が浮いてしまった。さらに別の指が花弁にたまっていた蜜をすくいとり秘玉《ひぎょく》にまぶす。それをくりくりと転がされると、どうしても感じてしまう。

「あっ、……あっ、……あ、ぁあ……っ」

こらえきれぬ愉悦《ゆえつ》になまめかしく身をくねらせるイリュシアの脚を、彼はさらに押し広げてきた。ぱっくりと開いた蜜口に埋め込まれた彼の指は、ぐちゅぐちゅと恥ずかしい音を立てて、いつものごとく的確にこちらの官能を煽り立ててくる。

装いにも、表情にも、一糸の乱れもない冷静な彼に、自分ばかりが淫らにもだえる姿を見られていると思うと、羞恥《しゅうち》に腰の奥が熱くなる。淫唇《いんしん》からさらなる蜜が、くぷり……とこぼれるのを感じた。

「ふぅ……んっ……」

こらえきれぬ声をこぼしつつ、こうなったら彼の気がすむのを待つしかないと、あきらめに瞳を閉じる。こちらを見つめていた彼は、その態度にどこか投げやりなものを感じたようだ。秘裂に埋めていた指をくちゅりと抜いた。

「指ではご不満のようですね。……それでは失礼して」

「え……？」

彼の指が、秘裂を左右に割り開くのを感じ、イリュシアは目を瞠《みは》った。脚ばかりでなく、そんなところまでを大きくくつろげられる動揺に息を詰める。

「いや――……」

たっぷりと蜜をたたえた割れ目の中では、快感に充血した花芯《かしん》がぷっくりと勃《た》ち上がり、包皮から顔をのぞかせている。その光景の向こうで、セレクティオンの秀麗《しゅうれい》な顔が淫靡《いんび》にほほ笑んだ。

「感じ過ぎる貴女には少々おつらいかもしれませんが――私は、指よりも舌の方が自信ございますので」

「ひっ……！」

言うや、彼は興奮にとがった花芯を、舌先でぬるぬると転がし始める。

「あぁっ！　……、あっ、やぁぁっ……それ、強っ……ぁぁ……っ！」

鋭い快感に鞭打たれ、大きく腰が跳ね上がる。それを褥に押さえつけながら、彼はさらに秘裂をぬるりぬるりと舌でいじった。

「珊瑚《さんご》色の真珠は、きちんと剝《む》いて可愛がりましょうね」

揶揄《やゆ》のこもった声音で言い、彼は秘裂を広げていた指で容赦なく包皮を剝く。顔をのぞかせた核芯をざらついた舌で舐め、くるくると執拗《しつよう》に嬲《なぶ》られると、その痛いほどの喜悦《きえつ》にイリュシアの瞳からは涙があふれ、下肢はがくがくと踊り続けた。

「ああぁっ、そんな……やめっ――ひぁっ、ぁぁだめっ……そんなに、しないで……！」

あえて加減を捨てた口淫《こういん》に、みだりがましい声がとめどなくこぼれる。彼の言った通り、その刺激はあまりにも強すぎてつらい。香の効果が燻《くすぶ》っていた身体は、またたくまにくるおしい熱と興奮に包まれた。

「あぁぁん、……あぁっ、……んっ、……んぁあぁっ……！」

ぬるぬると這う舌は、硬く膨らんだ突起を口に含んで飽きることなく舐め転がし、時折歯でしごきあげる。

「────っ！」

息すら止まるほどの歓喜に、悲鳴のような声であえぐ。しばらくの間、イリュシアは小刻みに小さな絶頂に襲われ続けた。

おまけに甲高い嬌声《きょうせい》は、彼をも興奮に煽り立てたようだ。そのうち、壊れたように蜜をこぼす花弁の狭間《はざま》に尖《とが》らせた舌を突き入れてくる。

腰が抜けそうなほどのみだりがましい感触に、全身がぞっと総毛立《そうけだ》つ。感じるままにびくびくと身をふるわせ、甘い声を迸《ほとばし》らせた。

「いやぁぁあっ、それっ、ぁぁ……だめっ、あ、ぁぁあっ、……だ、だめぇっ……！」

悩ましくぬめる舌に、蜜壁の内部までもざらりぬるりと舐められて、ざわざわと重く絡みつくような愉悦が腰を這う。

「あぁぁっ、……ひっ、……あぁっ、……ぁあぁっ……！」

淫らにくねる腰の動きに合わせ、淫猥《いんわい》な舌はどこまでも追いかけてくる。何も考えられなく

なった状態で、イリュシアはやがてただひたすらに彼の名前を呼ぶばかりとなった。

官能の波に溺れ、涙をこぼして絶え間なく腰をびくつかせるイリュシアを、彼は愉《たの》しげに眺めていたが、――さんざん舐めしゃぶり、身も世もなく啼《な》かせたことで満足したのか、やがて充血して尖りすぎた粒を強く吸い上げた。

「あぁぁあぁ……っ！」

快楽の頂《いただき》まで追い詰められ、激しすぎる快感に全身をこわばらせて打ち震える。訳が分からないほどの高揚《こうよう》の中、なおもひらめく舌に煽られ、より高みへとくり返し上り詰める。

達《い》きすぎて意識が遠のきそうになったところで、イリュシアはようやく解放された。

「ああっ、はぁっ……、……ふぁあ……、あっ……はぁ、……ぁ……っ」

息も絶え絶えの状態で、しばらくは言葉もなくただ空気を求めてあえぐ。その呼吸が落ち着いてきた頃を見計らい、彼は口を開いた。

「連絡を取る手段を用意致します。今後は、何かあったときはまず私にご相談ください。エレクテウスではなく」

ひとり涼しい顔でそう告げてくる相手へ、イリュシアは苦しい呼吸の合間《あいま》に返す。

「……わたくしに……とっては……、あの子の……方が、はるかに……信用できる――」

「もし首尾よくこの話を白紙に戻したら、ご褒美《ほうび》をいただけるのでしょうか？　それと、私にだまって他の男に身を任せようなんて、一時でも考えたことへの罰《ばつ》も必要ですね」

「……え……？」

不穏に笑い、彼は腕をのばして香炉の置かれた小卓の中から何かを取り出した。

「ひ……っ」

イリュシアは乱れていた息を呑む。セレクティオンの手の中にあるのは、翠玉《すいぎょく》でできた張り型だった。

彼は、度重なる淫虐《いんぎゃく》にぐったりと四肢を投げ出していたイリュシアの脚を押し開き、男根《だんこん》を模したその張り型を、とろとろにぬれそぼった秘処《ひしょ》に押し当ててくる。

「や、やめて――何を……するの……？」

脚を閉じようと、抵抗にもならない抵抗をしながら問う間に、冷たく、ずっしりとした硬い感触が、口淫《こういん》に痺《しび》れきっていた蜜洞に、ぬちゅ……と亀頭部を埋めてくる。

「はぁっ、ぁあん……っ」

さしたる抵抗もなく、ずぶずぶと奥へ押し込まれてきた重い無機物はは、指などとは比べものにならない圧迫感があった。

しかし蜜のあふれる内壁《うちへき》は、それをぬるりと押し出してしまおうとする。内部を拡げる重苦しい違和感から解放されるかと思いきや、彼は再びそれを中へぐりっと押し込んできた。

「あ……ぁ、――……っ」

石の先端が奥へ当たる感覚に腰が揺れてしまう。と、彼はさらに自らの帯を解いて張り型の底に当て、外に出てこないよう押さえた。そして帯をイリュシアの下腹に巻きつけるようにして結び、留めてしまう。

「や……、これ、なに……っ」

こんなふうに留められてしまっては、取《と》り出すことができない——。

ずっしりと埋め込まれたままの石の玩具《がんぐ》に、蜜路《みつろ》があさましくからみつくのを感じ、イリュシアは顔を赤く染めて困惑した。

それを満足そうに見つめ、彼はひと仕事を終えたていで身を起こす。

「陛下の件、半日で片をつけます。明日の夕方……晩鐘《ばんしよう》の刻に野外劇場で——私たちの思い出の場所でお待ちください」

「いやよ、これを取って……」

「今夜足りなかった分を明日、女神に献納《けんのう》いたしましょう」

狼狽するこちらにかまわず、彼は含み笑いでささやいた。

「とても激しいものになります。覚悟しておいてください」

「セレクティオン、このままにしないで……っ」

「私につれない貴女をも愛しています。想いの見返りがないと分かっていても言いなりにならずにいられぬほどに。……ですからこれくらいの意趣《いしゅ》返しはさせてください」

手前勝手なことをさらりと言ってのけ、彼は優雅《ゆうが》に腰を上げて立ち上がる。

「今夜のところはこれで失礼します。……帯の結び方は特殊な形ですので、勝手に取ればわかります。そんなことをすれば、仕置きがさらにきついものになりますよ」

「――――っっ」

イリュシアは、結び目をほどこうと試みていた手を、帯からぱっと離した。

＋＋＋　　　　　　＋＋＋

セレクティオンは、本当にそれから半日もたたずして言ったことを実現してのけた。翌日の昼頃、王宮から神殿へ使者があり、国王によるイリュシアへの聖婚の要請《ようせい》が白紙になったと、エレクテウスが知らせに来たのである。

「なぜ俺に相談してくれなかったのですか！」

イリュシアの殿舎にやってきた彼は、居間に据えられた寝椅子《クリネー》のひとつに腰を下ろすや、ぶつぶつと文句を言う。

その報告によると、セレクティオンは国王に聖巫女《せいみこ》をあきらめるよう説得するため、国政の決議機関である評議会を動かしたとのことだった。

メレアポリスは、国王と、貴族達による評議会によって治められている。僭主《せんしゅ》を出さないための体制だが、評議員の中には利益と引き換えに国王におもねる者も多く、概して両者が対立することはあまりない。セレクティオンが働きかけたのは、その国王派の評議員達に対してだったようだ。

これまでひそかに集めてきた彼らへの貸しを取り立て、あるいは弱みをつつき、評議会による全会一致の意志として、神威《しんい》を侵さぬよう国王へ求める決議を採択させた。

元より対立している良識派議員であればともかく、懇意《こんい》にしている国王派の議員からも要請を受け、さしものイロノスも断念せざるをえなかったのだという。

「こうして簡単に話しましたが、評議会の意志を全会一致でまとめるなど、並大抵のことではありません。彼はそのために、これまで手にしていた評議員達への切り札を多く費やしました。すべて、貴女をイロノスの魔手から守るために」

セレクティオンについて語る弟の口調には、弱みを握られている警戒がまだ残っていたものの、以前のように反発や軽蔑《けいべつ》を含んだものではなかった。

認めるべきところは認めなければと、現実的に受け止めているようだ。イリュシアは彼ほど素直になれず、複雑な思いで応じる。

「そしてわたくしは彼に借りを作ったわけね」

窮地《きゅうち》を救ってもらったのは確かだ。だからといって、彼への感謝や称賛を口にするほど無邪《むじゃ》気《き》な気分にはなれない。なぜならその分、彼は自分を好き放題にしているのだから。

（いつまで……このままなのかしら――）

そう考えた瞬間、まるで思考を読み取ったかのようにエレクテウスが怪訝《けげん》そうに眉を寄せた。

「姫？　具合でもお悪いのですか？」

「え……っ」

「お顔が少し赤いようですが……」

「え……ええ、そうなの。少し微熱が……」

答える声がうわずってしまう。

クッションを重ねゆったりとした寝椅子《クリネー》に横たわったまま、今朝からほとんど動かずに過ごしていることを知られるわけにはいかない――頭の中はそんな思いでいっぱいだった。

（だって……）

動けば、中に挿れられたままのものをどうしても意識してしまう。男根を模した張り型は、その重量と、凹凸のある形状のせいで、意識の外に追いやることが難しかった。

ほんの少し身じろぎをしただけで、翠玉の硬い先端がぐりっと奥を抉《えぐ》るのだ。おちおち人と話すこともできない。

なんとか取り出せないかと試してみたが、彼の言う通り結び目は不思議な形をしており、自分で同じように結び直すのは不可能。そしてそうなった場合、彼がどう反応するのかは想像したくない。

エレクテウスに、姉の異変を不審《ふしん》に思っている様子のないことが、何よりの救いだった。

と、回廊《かいろう》に置かれた色鮮《あざ》やかな飾り壺《アンフオラ》を見るともなく眺めていた彼の目が、ふと一点に止まる。

「姫。あれは何でしょう……？」

目をやった先にいたのは、一羽の白い鳩《はと》だった。中庭のような形になっているこの居間には天井がないため、そこから迷い込んできたのだろう……。

しかしエレクテウスは寝椅子《クリネー》から腰を上げると、鳩に近づき、五歩ほど距離を置いたところで手をのばす。

すると白い鳩は小さく羽ばたき、のばされたエレクテウスの手に乗った。

「ずいぶん人に慣れているのね」

「これは伝書鳩ですよ。ほら……」

そう言われてよく見れば、鳩の細い脚には小さな筒がくくりつけられている。エレクテウスはそれを取ると、イリュシアのもとへ持ってきた。

筒の中には小さな紙片が丸めて入れられている。誰からかは考えるまでもなかった。連絡手段を確保すると、セレクティオンが昨夜言っていた。

「……手の込んだことをするのね」

前ぶれもなく手紙をもらった気恥《せいち》ずかしさをごまかすように言い、紙片を開いていく。

小さな羊皮紙《ようひし》には、人柄を表す精緻な筆致で短い文章が書かれていた。

『弟君の去就の不安がなくなったことで、貴女のお心が安らかになりますように。お約束通り、今宵結び目をほどきにうかがいます』

「……結び目？」

横からのぞき込んでいたエレクテウスがつぶやく。イリュシアは、ぐしゃ！　っと勢いよく手の中で紙をにぎりつぶした。

（あの人は……！）

思いがけず一行目にほろりとしてしまった。……そのせいで二行目に気づくのが遅れたのだ。けれど。

「彼は本当に貴女を愛しているのですね……」

エレクテウスの言葉に、イリュシアは紙片をにぎっていた手の力をゆるめる。

「ええ……」

いまや、それは認めざるを得ない。イリュシアを抱くために神意を侵し、エレクテウスの出生について口をつぐみ、いざというときの切り札を犠牲《ぎせい》にしてまで評議会を動かすことが、酔《すい》狂《きょう》だけでできるとは思えない。——けれど。

（だからどうだというの……？）

彼がそれほどまでに自分に想いを抱いているからといって、イリュシアが同じ気持ちを持たなければならないという法はない。

（わたくしは……彼を愛してなどいない――）

セレクティオンに身を任せるのは、彼がエレクテウスの秘密をちらつかせて脅してきたからに過ぎない。

自分は聖巫女なのだ。本来、神官以外に身を任せてはならない立場であり、また特別な愛を持ってはならない巫女でもある。

女神の加護《かご》を国の隅々にまでもたらすべく、立派に務めを果たし、自分を崇《あが》める人々の期待に報いたいと――常にそれだけを考えて生きてきたというのに。

いまでは、眠りにつけば毎晩、満月を背後に竪琴を爪弾《つまび》く青年の姿を夢に見る。

麗《うるわ》しい音色をしばし披露《ひろう》した後、青年は竪琴を床に置き、こちらににじり寄ってきてイリュシアを組み敷き、そして決まって最後にはこの身体を奏で始めるのだ。

（――……！）

イリュシアは彼の腕の中で頂を極め、こみ上げる愛しさに目をつぶり、幸せな余韻にたゆたう。

まるで呪術でもかけられたかのように、そんな夢ばかり見てしまう。

そんなはずがない。それでいいはずがないと、懊悩《おうのう》する心をあざ笑うかのごとく、幾夜もくり返し。

（女神よ――アシタロテよ。どうかご加護を）

毎日、毎晩、イリュシアは祈る。

（わたくしは貴女を裏切るつもりはありません……！）

けれどそれに応じる女神の声は、ついぞ聞こえてこなかった。

＋＋＋　　　＋＋＋

その日の夜——早く休みたいと言って人を遠ざけたイリュシアは、晩鐘の刻に殿舎をこっそりと抜け出し、野外劇場に向かった。その足取りはふらふらだった。

張り型を勝手に取ったら大変なことになるという、彼の言葉に忸怩《じくじ》たる思いを抱きつつも淫《みだ》らな感触に一日耐え続け、そのままにしておいたというのに——いま、なぜか大変な目に遭っている。

いや、やはりというべきか。

「……ん、……う……っ」

秘処に埋め込まれた翠玉の張り型を自らの手で動かし、それが奥を抉る感触に、イリュシアはこらえきれない声をもらした。ぐっしょりと蜜をこぼす花弁《かべん》に、そよそよと風の当たる感覚が恥ずかしい。

セレクティオンと出会って以来、満月の夜になるのを心待ちにして通った石造りの舞台の上である。舞台後方に幾本も立ち並ぶ、高い石柱——そのうちのひとつに背中を預けて立ち、内衣《キトン》を身につけたまま、裾だけ大きくめくり上げて下肢《かし》をさらし、淫《みだ》らな玩具を動かしている。そんなはしたない自分の姿に、羞恥《しゅうち》のあまり気が遠くなりそうだった。

先ほどセレクティオンの顔を見るや、イリュシアは淫らな責め苦からの解放を懇願《こんがん》した。けれど深く濃厚な口づけを長く交わし、やわらかく豊かなイリュシアの胸をひとしきり堪能《たんのう》した後、彼が取り外したのは張り型が落ちないよう留めていた帯のみだった。

そしてあろうことか、挿れられていた張り型でひとり遊びをするよう求めてきたのだ。国王による聖婚の要請を取り下げさせたことへの返礼として。

「なぜ……いつも、こんな……っ、……やり方を、するの……？」

イリュシアにことさら羞恥を感じさせることを好む嗜好《しこう》を責めるように言うと、彼はくちびるにうっすらと笑みを刷《は》く。

「貴女が私の顔を見るたびつれない態度を取られるからです。そのせいで私の胸は痛み、女神への奉仕の気持ちが萎《な》えてしまいそうになります——が、こうして刺激的な演出をすれば、淫らな貴女は快楽にあらがうことができず、気持ちよさそうにくずれ落ちるではありませんか。……その姿を見て私もやる気を取り戻すのです」

厳《おごそ》かに理路整然と応じる相手の前で、イリュシアはふいに湧き起こった官能の波に、翠玉の張り型を持つ手をふるわせた。

「は、ぁっ――……見返りがなくても、……言うことをきくと……言っていたのに……！」

「見返りではありません。これは私への褒美ですよ。貴女が私に示すことのできる、感謝の印です」

ぬけぬけと言い放った彼は、イリュシアの前で腕を組み、見物の構えをくずさない。

しかたなくイリュシアは、手にしていた張り型をふたたび少しだけ動かした。くぷ……と音がして、翠玉の切っ先が内壁《うちへき》の脆《もろ》いところをえぐり、びくりと身をふるわせる。

「んっ……、ぁ、……んん……！」

ためらいがちとはいえ、奥を突くごとにかすめるような恍惚《こうこつ》が弾け、下腹を満たす悩ましい熱をざわざわと刺激した。その感覚を追いかけるうち、脚から力が抜けていき、背中の円柱を支えにして、ずるずると石灰岩《せっかいがん》の床面に尻もちをつく。

「……っん、……ふ……、……ん、う……っ」

広げた脚の付け根に卑猥《ひわい》な形をした宝玉を挿れ、自分で慰めている姿を彼に見られていると思うと、『女神の雫』が焚かれているわけでもないのに、ひどく感じてしまう。それでなくても官能的な口づけと、胸への愛撫《あいぶ》によって、身体はすでにうんざりするほど熱く疼《うず》いているのだ。

くずれ落ちてしまったイリュシアに合わせ、自らも石の床に片膝をつきながら、セレクティオンはそんなこちらを笑顔で恥辱《ちじょく》に突き落とす。

「どうなさったのです？　そのようにおぼつかない手つきでは、いつまでたっても終わりませんよ」

「も、……ばか……！」

「これはまた。ずいぶん可愛らしい憎まれ口ですね」

くつくつと喉の奥で笑い、彼は月明かりに浮かび上がるイリュシアの白い脚に目をやると、それに手を這わせてきた。

「美しい……。燭台の明かりでなく、こうして月の光の下で見るとより扇情的《せんじよう》ですね。隅々まで舐めまわしたくなる」

イリュシアは大きな石柱に背中をあずけたまま、言葉通り舐めるような彼の視線に脚をふるわせる。軽く触れるだけの手が、ふくらはぎから大腿へ、火照る肌をすぅっとなで上げてきた。

「……、……ん……っ」

「ふくらはぎに舌を這わせ、やわらかい内股《うちまた》をほおばり、足の付け根のぎりぎりのところを強く吸って所有の証《あかし》をつけて差し上げたい」

耳にするままにその情景を想像してしまい、翠玉をふくんだ蜜路がひくりとうねる。

「……ぁ……っ」

「感じたのですか？　まだ何もしていないのに」

彼はすべてお見通しとばかり、くすくす笑った。

「そうだ。ご褒美はともかく、まだお仕置きをしておりませんでした」

「……え……？」

「私にだまって、陛下の聖婚の求めに応じようなどと、一時でも考えたことへの罰を与えると申し上げたでしょう？」

「……それ、……いま……？」

内部を満たす翠玉の玩具を感じながら、絶望的な気分で問うと、彼は「ついでです」と軽い口調で言いながら、懐《ふところ》から何かを取り出した。

「──……」

刷毛、のようである。頬に色粉を乗せる際に使う太いものだ。だが山羊《やぎ》の背毛を束ねたそれは、普段化粧に使うものと比べると、少々大きすぎる。

とまどいを込めて見つめていると、彼は、その太い毛の束で自分の手のひらに円を描いた。

「ここに来る前に、寄進者《きしんしゃ》の聖婚が行われる内房《カタゴギオン》の一室から拝借してきました」

「聖婚……に使うの……？　それを……？」

「ええ、道具入れの中には大抵、大小の刷毛がそろっています。小さいものの用途はすでにご存知ですね？」

訊ねられ、イリュシアは耳まで赤くなった。敏感な突起を三つとも、それで時間をかけて嬲《なぶ》られたときのことを思い出したのだ。

口ごもるイリュシアに誘いかけるように、彼は含み笑いで小首をかしげた。

「この大きい方の刷毛を何に使うか、お分かりになりますか？」

「……さぁ……」

見当もつかない。が、よくない予感がするのは確かだ。

イリュシアは逃げるように背中を円柱に押しつける。

「私も最初は想像がつきませんでした。そこで知り合いのアシタロテの神官に聞いてみたのです。すると、こうだと——」

「え？　や……っ」

セレクティオンは、刷毛を持つのとは反対側の手で、そっとイリュシアの左の足首を取った。

そしてその足の裏に毛先をすべらせる。

「やぁっ……！　……やっぁ、やめて……、それ……！」

くすぐったい。あまりにもくすぐったくて我慢できず、左の脚をびくびくさせたところ、蜜《みつ》洞《うろ》に埋め込まれたままだった翠玉の張り型が、ぐりぐりとめちゃくちゃに中を突いた。

「あっ、あ、いや……っ、暴れちゃ……っ——ひぁ、あぁん……っ」

ぐちゅぐちゅと蜜口で音を立てる翠玉を手で押さえようとするが、足の裏を刷毛にくすぐられているせいで脚の動きを止めることができない。

必然的に下肢が大きく揺れ動き、張り型が中を捏《こ》ねまわすことになる。

「あっ、あっ、……あぁ、……やぁ……っ、……やん、やめてっ……、はぁぁ……！」

懇願にもかかわらず、セレクティオンの手は止まらない。むしろこちらを追い詰めるように、しっかりと足首を押さえ、いっそう熱をこめて刷毛をすべらせてくる。

「や……いやっ、……無理……っ、あ……、あっ、やぁ……！」

ちくちくとする毛先の感触が我慢できず、イリュシアは激しく身もだえ、ぎゅぅっと足の指を丸めた。……すると。

波紋《はもん》はなぜか張り型を含んでいる蜜洞にまで伝わり、そこがきゅうきゅうと悦んで翠玉に絡み始める。結果、張り型の存在をそれまでよりも強く感じてしまい、火がついたように頬が熱くなった。

ひとりでに動いてしまう腰のせいで、ずくずくと中を抉《えぐ》られ、足の裏を襲うくすぐったさと相まって、意識がひっくり返ってしまいそうな愉悦《ゆえつ》の渦に巻き込まれる。

「ぁあんっ！　……いやっ、……いやぁもう、くすぐるのっ、やめ……やめてぇ……ふぁっ、あぁぁ……っ」

「いけない方ですね。こんなものに、そのように感じてしまわれて」

みだりがましい嬌声《きょうせい》を上げながら、びくびくと全身をふるわせ、秘処《ひしょ》に挿れたままの張り型を涙目でにぎりしめる。そんなイリュシアの痴態《ちたい》を、彼は目で楽しんでいるようだ。

「私も昔は、足の裏をくすぐっていったい何の効果があるのかと半信半疑でした。ですが聖婚の際、実際に試してみたら、巫女の乱れように驚きましたよ。——よく考えたらここには性感が集まっていますからね」

「もうだめっ、お願い……、やめて……だめっ、……て、ばっ、……あ、あぁっ……ひぁあっ……っ」

淫裂《いんれつ》からかき出された蜜は、翠玉を持つ手をぬらすばかりでなく、そこから床へしたたるほどだった。

白い肌をすっかり薄紅色《うすべに》に染め、はしたないほどに身体をくねらせるイリュシアに陶然《とうぜん》と見入りながら、彼はからうように言った。

「蜜があふれて大変なことになっていますよ。……その様子では達してしまいそうですね」

「あ、いやっ、……いやぁ……っ」

「足の裏をくすぐられて、玩具を挿れただけでそれほど気持ちよくなれるとは……。私好みの、大変いやらしい身体になりました」

「あなたが……っ、変なことばかり、……するから……っ」

「そうですね。貴女の変化はすべて私のせいです」

顎《あご》をつまみ、快感に蕩《とろ》けたイリュシアの顔を持ち上げて、彼は満足げに目を細める。

「清楚《せいそ》なだけでなく、見ちがえるように艶やかなお美しさになったのも、どんな些細《ささい》な愛撫にも感じてしまうほど敏感になったのも、淫猥《いんわい》なお仕置きにも悦んでしまうほど淫らになったのも、すべては私の功」

歌うように言って、彼は太い刷毛で足の指の間まで刺激してきた。

「ひうっ、……あ、やぁんっ……だ、だめっ……指も、だめぇ……！」

そこは、以前舐められた際にじっとしていられなかった、イリュシアの弱点のひとつだ。ちくちくとした毛で責められるのも、くすぐったくてどうにも我慢できない。

跳ねまわる脚の振動が下肢に伝わり、翠玉の玩具が勢いよく、縦横無尽《じゅうおうむじん》に蜜壺《みつつぼ》をかき乱す。ぐちゅぐちゅと大きな音をたてるそこが気持ちよすぎて、このままでは本当に、玩具を挿れたままくすぐられたせいで達してしまいそうだ。——そう考えた瞬間、翠玉の切っ先がたまたま、最奥の敏感な場所をゴリゴリとこすった。

「あっ……やぁあぁぁ……っ」

びくり！　とひときわ大きくふるえた背中が、石の柱の丸みをすべって床にくずれてしまう。そこに至ってようやくセレクティオンが、足の裏から刷毛を遠ざけた。

「あっ、ぁ……、はぅ……っ」

それでも石の床の上に身を横たえたイリュシアの下肢には、まだ張り型が埋まっている。そこから断続的に発する、さざ波のような喜悦《きえつ》に背筋をしならせていると、刷毛を置いた彼の手がそこにのびてきた。

「どうしました？　先ほどから手が止まっていますよ」

愛液にまみれた手をつかまれ、顔が真っ赤に熟《う》れてしまう。彼はイリュシアの手を包むようにして、うながしてきた。

「さぁ、動かして……」

「――……っ」

ずくり、と奥を突かれ、背を這う愉悦に総毛立つ。

「ふぁ……っ」

「手を引いてはいけません。そのまま私と一緒に――」

「で、でも……っ」

「そうすれば、気持ちのいい動かし方を覚えるでしょう?」

「あぁっ……、ぁ……ん……っ」

そうは言うものの、彼の手に包まれて、一緒に張り型で自分の中を突くのは、ひどく淫奔《いんぽん》な気分だった。重く硬い石がぐっと押し込まれてくる感覚に、身を縮めてひくひくとふるえ、涙にぬれた瞳で訴える。

「だめ、こんな……っ、自分でなんて……、あ……っ」

「感じているのですか?」

直截《ちょくさい》的な問いに、こくこくとうなずく。

「そういうときは何とおっしゃるのでしたか?」

「い、いい——気持ち、いい……っ」

「そうでしょう。もっと悦くしてさしあげます」

ふふ、と機嫌良くほほ笑み、彼は親指をのばして秘芽をつついてきた。

「はぁっ……、ぁ……！」

突き抜けるような鋭い刺激にたまらず身をくねらせる。すっかり硬くなり、包皮から顔をのぞかせた性感の塊を、くるくると優しく嬲《なぶ》られ、痛いほどの喜悦に意識が遠のきそうになった。

「このように脚を広げて、ぐっしょりと蜜をあふれさせたここに張り型を押し込まれ、気持ちよくなってしまったのですね？」

「ふぁっ……あぁっ、……はぁん……い、いいっ……ぁんっ……」

「ぐしょぐしょのここを張り型でかきまわしているのも、淫らに尖《とが》ったこの粒を可愛がっているのも、貴女の嫌いな男だというのに」

「んぅ……っ、ち、ちが……そんな、こと……、……ぁ……っ」

辱《はずかし》める言葉は、どこを切り取っても真実であるため反論が見つからない。また探す余裕もなかった。

何しろぬるぬると花芯《かしん》を捏ねる指も、ずっしりとした翠玉で媚壁《びへき》を抉る手も、恨《うら》めしいほどやり方を心得ている。えもいわれぬ快感に襲われ、うねうねと収縮する蜜洞の歓喜が張り型を通して自分の手にまで伝わってくる段になって、イリュシアの喉は恥ずかしいほど甘い声をこぼし始めた。

積み重なった一片一片《ひとひらひとひら》の快楽がからみ合ってふくらみ、やがて大きなうねりとなってイリュシアを高みへ高みへと持ち上げていく。

「はぁっ……、あっ……あぁぁっ、――」

「さぁ……私だけが知る、この上なく淫らな貴女を見せて下さい」

言葉と共に、秘玉《ひぎょく》をつまんで小刻みな振動を与えられ、奥までいっぱいになった蜜洞が、翠玉をぎゅうっと締めつける。

「あ、あぁぁあぁ……っ！」

やっと訪れた限界に、イリュシアの全身がびくびくと波を打った。

「あ――、……」

駆《か》け抜けた淫らな衝動の余韻にたゆたい、荒い息に胸を上下させる。

「気持ちよく達《い》けたようですね」

はぁはぁと息をつくイリュシアから、セレクティオンはようやく張り型を抜き去った。そして興奮にいきり立つ自身の雄を取り出しながら、こちらに覆《おお》いかぶさってくる。

「私にも、すばらしく淫蕩《いんとう》な貴女の身体を愛させてください」

「――……っ」

そう仕込んできた当の本人が何を言うのか。釈然《しゃくぜん》としないものを感じ、またうなずく気恥ずかしさも手伝って、ついと横を向くと、彼はふふふ、と朗らかに笑った。

「一晩中、張り型と刷毛で嬲られていたいと？」

「そんなことないわ……っ」

間髪を容《い》れずに即答する。彼なら実際にやりかねない。

そんなイリュシアの肩口に顔をうずめるようにして、彼は色めいた低い声音でささやいた。

「では応じていただかないと。さぁ言ってください。『わたくしの、いやらしくぬれてひくついているここを、あなたのものでうんとお仕置きして下さい』」

「い、言うわけないでしょう……、ばか……っ」

ぞわぞわと腰にくる低いささやきから逃げるように、いまいち力の入らない手で彼の顔を押しのける。

セレクティオンはくっくっ……と笑っておとなしく上体を起こした。どうやら冗談だったらしい。幸いなことに。

しかしふざけ半分だったのはそこまでで、彼はすっと表情を消すと、イリュシアを見つめたままこちらの両膝に手をかけ、胸のふくらみに押しつけるようにしながら、中に押し入ってきた。

「ふ……ぅ、……んっ……」

無機物とはちがう、熱く脈打つ肉の感触——そして張り型よりも大きなものが、ず……、ず……、と隘路《あいろ》をいっぱいに広げてくる。奥まで到達すると、甘美《かんび》なその衝撃に切なくあえいだ。

彼は彼で、蕩けてからみつく蜜壺の感触を味わうように、ゆっくりと動きながら熱い吐息をつく。

「とてもせまいのに健気に迎え入れ、奥まで誘おうとからみついて悦んで下さる――」

「……は……う、つん……っ」

じゅくじゅくと抽送《ちゅうそう》をくり返す熱い楔《くさび》に蜜壁をこすり上げられ、奥を穿《うが》たれると、たまらない喜悦が湧き起こり、甘くやわらかくそれを締めつけてしまう。

「貴女のここは、本当に私のことが好きで、欲深くていらっしゃる」

ずぅん、とのしかかるようにして奥まで突き上げてきながら、彼は苦笑した。

「上のお口も、もう少し素直になって下さるとうれしいのですが……」

「んっ、……いつも、素直よ。……あなたに、脅されていない、……かぎり……ぁっ」

「刷毛を使いましょうか？」

お仕置きをほのめかされ、あわてて首を振る。

「いや……っ」

しかし拒《こば》む言葉とは裏腹に、淫猥な前戯《ぜんぎ》に追い立てられた身体は官能の期待にさざめき、悩ましく屹立《きつりつ》にからみついた。気づいたセレクティオンが喉の奥で笑う。

「あの刷毛で、貴女がひどく感じてしまう場所をすべてくすぐろうと思っておりましたのに……」

「い、いやよ、そんなの……っ。他の巫女に、……頼ん……で、相手をしてもらう、のね……っ」

抽送に揺さぶられながら、懲《こ》りずに嫌みを返すと、熱い楔がずん！　とひときわ大きく突き上げてきた。

「ひぁう……！」

ふるん、と胸の双丘が波打ち、こわばった身体の最奥を、剛直《ごうちょく》の切っ先がぐりぐりと抉《えぐ》る。

「あ、やぁっ、それ、……はぁん……っ」

「また憎まれ口を。……嫉妬《しっと》されているのですか？」

「誰が、嫉妬……あ、いやぁ、……っ」

とろとろになった蜜壺を行き来する屹立が、また少し張り詰めるのを、からみつく内部で感じた。脈動する熱茎《ねっくき》の側面に、いっぱいに広がった媚壁を幾度もこすり上げられ、そのたびに背筋がぞわぞわと熱く痺《しび》れる。

いつものように焦らすことをせず、知り尽くした柔襞《やわひだ》の中を、彼は慣れた腰遣《づか》いで弱いところばかり責め、奥を突いては押しまわしてくる。

「嫉妬ではありませんか。……これまで他の巫女のことなど、……一度も口にされたことがないのに」

息を殺しながら、彼は抽送の合間に告げてきた。

「……あっ、……あっ、……ぁあぁぁ……ん……っ」

身をのけぞらせてあえぐイリュシアを見下ろす口の端《は》に、何かをこらえるような笑みがにじんでいることに、ふと気がついた。

どうやら彼は機嫌が良く、また興奮しているようだ。

「ちが、……うっ……てば……！」

「ちがうとおっしゃるのなら、そのお顔をよく見せて下さい」

ふるふると首を横に動かすイリュシアの顔を、彼は指で自分に向ける。しかしイリュシアは、すべてを見通すような薄茶色の目に真意をさらす勇気が持てず、快楽に染まった顔を「いや……」と再度背けた。

と、すでに雄々しく勃《た》ちあがっていた彼のものが、ぐぐぐ……となおも大きくなる。

「え、……なっ、なぜ――」

戸惑うこちらの様子に愛おしげに目を細め、彼はイリュシアの両脇に手を置き、両腕で囲うようにして見下ろしてきた。

「最後に聖婚をしたのは二年前です。貴女と出会ってからは、聖巫女の貴女をどうやって手に入れるか――そして、手に入れた後にどう可愛がるかばかり考えておりましたから」

「あっ、……ふ、……ぁ……っ」

「それに、淫蕩な宮廷で覚えたあんな悪戯や、こんな手管を、貴女に試したらどう乱れてくださるのか……想像するだけで、女性にふれなくても充分欲求が解消されましたので」

こんなふうに、とつぶやきながら、彼はあらぬ方向へ身体を倒す。

「ふぁ……っ」

中のものが思いがけない箇所をえぐり、嬌声《きょうせい》を発したのもつかの間、身を起こした彼の手に先ほどの大きな刷毛があるのを目にして、ひっと息を呑んで逃げ腰になった。

「い、いや、……っ」

「弱い箇所、もうひとつありますよね？」

退《さ》がろうとする腰を難なく押さえ込み、彼は困惑するイリュシアの手首を頭上で押さえつける。そしてさらされた脇の下に、これみよがしに刷毛を近づけてきた。

「ここ、くすぐって差し上げたくてしかたがなかったのですよ」

「や、それは……やめて――」

イリュシアの儚《はかな》いつぶやきに、ふれるか触れないかのところで毛先が止まる。

「なぜです？」

「くすぐったいから……」

「くすぐったいと、どうなってしまうのです？」

揶揄《やゆ》する声音が色っぽい。さらに淫靡《いんび》な問いへの答えを考えたところ、熱塊《ねっかい》を呑み込んだままのあらぬ箇所がひくりとうねる。

　当然、それは彼にも伝わっているはずで――

「恥ずかし……ことに……あっ、ひぁ……っ」

　すうっと刷毛で腋をなぞられ、上体がびくん、と跳ねた。その様子を、彼は目に焼きつけるように、じっと見下ろしてくる。

「いいですね。恥ずかしい貴女は大好きです。よく見せて下さい」

「あぁっ、やぁあぁっ……ひっ、だ、だめ、……やめて……ひぁっ、ぁあぁぁっ……！」

　こしが強くちくちくする毛先で、ひどく敏感な腋を、円を描くようにくすぐられ、身体が大きくのたうった。それはもちろん腰も例外ではなく、雄茎を埋め込んだままの蜜口が、ぐちゃぐちゃと耳をふさぎたくなるような音を発しながら、がつんがつんと相手の下肢《かし》にぶつかる。

　セレクティオンが短く息を詰めた。

「……あぁ、本当に恥ずかしいですね。私のものを深く咥えて、そのように自ら腰を振るだなんて……」

「あ、あぁっ、……く、くすぐるのっ、……やめて、あぁっ、あっ、……お、お願い……っ」

　彼は刷毛を持っているだけで、動いてはいない。だがイリュシアがくすぐったさに身体をくねらせるせいで、彼のものが縦横無尽《じゅうおうむじん》に中をかきまわす。張り出した亀頭《きとう》にゴツゴツと奥を突かれ、太い茎に痺れた蜜壁をめちゃくちゃにこすりたてられ、恥ずかしくて仕方がなかった。

次から次へとたまらない愉悦《ゆえつ》があふれ出し、肉洞《にくどう》がぎゅうぎゅうと中の雄を締めつけ、ぐちゅ……と開いた狭間から蜜をこぼす。

「あぁぁっ、やぁっ……、ぁっ、……ん、んぅ……っ」

そしてもちろん、彼はイリュシアをくすぐる手を止めることはなかった。快感に激しく身もだえる様を見下ろし、うっとりと訊ねてくる。

「足の裏と、どちらが感じますか？」

「あ、……ふぁっ、どっちも、……だ、だめ……！」

「そうですか？　でもここは大層悦んでいますよ。うねって締めつけてきます。……ほら」

その瞬間、刷毛でくすぐられながら、戯れにずん、と突き上げられ、意識が飛ぶほど感じてしまった。

「きゃあぁぁ……！」

内腿《うちもも》を痙攣《けいれん》させ、目のくらむような快感に耐える。

「ぁあっ、……はぁ、も、だめ、そんな……っ、あ……ぁん……っ」

「こちらもして差し上げなければ」

軽い言葉と共に、刷毛の毛先が乳首を襲う。淫《みだ》らに硬く尖ったその粒を、ざわりと毛束が包み込む感触に、肩が大げさなほど跳ねた。

「ひぁっ、……ぁあぁぁっ、そこっ、……そこ、もっと、……だめぇ……ぇ！」

毛の束は、凝《しこ》りきって敏感な側面だけでなく、頂《いただき》のくぼみの中までちくちくと刺激してくる。耐えがたい淫虐《いんぎやく》に、ひときわ大きく腰を揺らした瞬間、蜜洞を拡げていた屹立の先が、ゴリッ、と最奥のひどく感じるところを突く。

「あっ、……ぁあぁぁっ……！」

くるおしい愉悦にドッと全身を襲われたイリュシアは、目まいのような明滅を感じながら達してしまった。びくびくと痙攣する身体の中で、彼のものもまた、引きずられるようにしてビクビクと爆《は》ぜる。

「……ん、……はぁ……はぁ……っ」

「いけない。……やり過ぎましたね」

苦しいほど乱れた呼吸を整えていると、彼は苦笑いでつぶやく。

「乱れに乱れる貴女の姿があまりにいやらしいものだから、つい加減を忘れました。達かせるときは私のもので、と思っておりましたのに……」

刷毛を放り出し、彼は両腕でイリュシアを抱きしめてくる。

柔らかな胸の双丘が、そして興奮して硬くなったその先端が、彼の肌に押しつぶされてたわんだ。麝香草《タイム》と肌の香りとが混ざり合い、えも言われぬ扇情《せんじよう》的なにおいに包まれる。『女神の雫』よりも胸に響き、心をも熱く淫らに煽《あお》り立てる香り——

「貴女の肌はいつも、扇情的な薔薇の香りがしますね」

ふいに、耳元でそんなささやきが響いた。

「……そう……？」

はからずも、彼もイリュシアの肌の香りを堪能していたようだ。

「ええ。行為の最中、いつも汗の匂いと混ざり、私をひどく興奮させます」

「湯上がりに、薔薇水をつけているから……」

自分ではあまり気がつかなかったが、それが肌に染みついているのだろう。

「そして、花びらをここに乗せているのですか……？」

笑みを含んだ声が応じたかと思うと、彼はゆっくりと動き、イリュシアの胸の先端に吸いついてきた。

ねろりと舐められ、甘嚙《あまが》みしながら吸い上げられると、たちまちジン……と疼《うず》きが湧き起こる。

「あっ……ん……っ」

かすかにこぼれた甘い声に触発されたのか、乳首をしゃぶる口淫にも次第に熱が込もっていく。もう片方の胸を大きな手が捏《こ》ねまわし——やがてつながったままの状態で、またしても彼の雄が頭をもたげていった。

「は……んっ……」

達したばかりで敏感になっていたイリュシアの中が、その刺激にすぐさま反応する。

「や、……ま、また……？」

「まだ足りません。まだまだ……今夜は始まったばかりです」

胸のふくらみを揉みしだきながら、彼はこちらをその気にさせるように、ゆらゆらと腰を動かす。が。

「……う……も、少し、待って……」

息を乱しながらそう言うと、仕方がないというていで動きを止めた。

両腕の中にイリュシアを閉じ込め、顔やうなじ、そして肩口に、ついばむように口づけていく。その仕草は切なげで、ただただ優しく……焦がれるような想いしか感じられず、困惑してしまう。

そんなふうにされたら、誰だって平静ではいられない。

（でも……それでも好きになんか、ならないわ。――いいえ、なりたくない……！）

唐突に胸の中から響いてきた声に、あぁそうか、と納得した。

彼を好きにはならない。心の奥底で、はじめから固くそう決めていた自分に、ふいに気づく。

イリュシアは神殿から出ることのできない身で、そして男性と知り合う機会も非常に限られている。それに比べ彼はどこへ行くにも自由で、そして多くの女性に囲まれて暮らしているのだ。

いつか彼は飽きて、イリュシアのもとへ来なくなるかもしれない。そうとも知らず、次こそはと、満月のたびに彼を待って身を焦がす日が来るかもしれない。

そんな未来が恐ろしくて——だから。

「——……」

薄茶色の瞳と見つめ合う。やがて、どちらからともなく口づける。

くちびるをふれ合わせると、甘く蕩《とろ》けた。もっともっとと、お互いのくちびるを食《は》み合う。

いつまでもこうしていたい。そんな気持ちを認めたくはなかった。

「……あなたは、やっぱりひどいわ……」

ふいのつぶやきに、彼は目をしばたたかせる。自分を悩ませる端正なその顔がうらめしい。

「わたくしはいずれ、他の神官に身をまかせることもあるかもしれないわ……。そうしたらきっと——」

きっと、いやがってしまうだろう。

最初に相手を決めずにくり返していたら、ちがったのかもしれない。けれどセレクティオンだけしか男性を知らないままきてしまったいま、こんなにも親密で淫猥《いんわい》な行為を、よく知らない相手と行えるとは思えなかった。

「あなたが……わたくしを独り占めしようなどと考えたからよ」

理不尽な非難に、彼がふと笑う。

「……女神はご存じです。貴女が望んで巫女になったのではないことを」

耳にした言葉にはっとした。なぜ彼がそれを知っているのだろう？

イリュシアの顔を目にして、彼は力を得たように続ける。

「いつだったか、夢の中で貴女が私にそう告げたのです。初めは信じていませんでしたが、貴女と肌を重ねるうち、本当かもしれないと思うようになりました」

「なぜ……」

「すべての男を平等に愛し、身をゆだねる巫女としての生に、貴女が向いているとは思えません。私はその夢を見たとき、アシタロテ神より、あなたに普通の女としての幸せをもたらすよう託《たく》された気がしてなりませんでした」

「……神意を忖度《そんたく》するのは神官や巫女の務めです」

あまりに思いがけない意見に、そう答えるのが精一杯だった。すると彼は、ニッと不敵にくちびるの端を持ち上げる。

「では言い方を変えましょう。掟《おきて》を破って久しいというのに、私に女神の罰が下っていないのが、何よりの証拠《しょうこ》です」

「——……」

「貴女は、女神が私に下された賜物《たまもの》なのです……」

そう言うと、セレクティオンは恭《うやうや》しくイリュシアの手を取り、そこに口づけた。次いで頬に口づけ、少しの余韻をもってくちびるを重ねる。

いったん顔を離したものの、熱を孕《はら》んで見下ろしてくる瞳に、情欲の炎が灯った。そしてそこに映る自分の身の内にも。

さらなる蹂躙《じゅうりん》を乞うように、くちびるを開いたのが合図。彼は激しく、くるおしくくちびるを押し当ててくる。

ひとときイリュシアの舌をねぶって官能を味わった後、彼は、互いに吸い合い腫れたくちびるをくすぐるように、吐息混じりにささやいた。

「私は命ある限り貴女との聖婚に通います。……貴女を他の男にふれさせたりはしません。決して」

決然と言うや、彼はふいにイリュシアの大腿《だいたい》を抱えるようにして、膝立ちになった。

「え……いや……っ」

あおむけのまま腰だけを高く上げる形になったイリュシアの上体を、彼は両腕で抱き上げ、背中を円柱に預けるようにして手を離す。

「あ……いや、これ……深っ――」

石柱に寄りかかり、彼と向かい合う体勢――はいいのだが、イリュシアの臀部《でんぶ》は宙に浮いていた。セレクティオンはそれを手でつかみ、ふいに勢いよく腰を突き上げてくる。

「はうん……！」

下肢《かし》は、つながっている一点で支えられている状態である。反射的に、イリュシアは両腕で彼にしがみついた。と、彼が余裕のない面持《おもも》ちでささやく。

「もっと強くつかまってください」

「え?」

聞き返したとたん、ずん！　とふたたび強く腰を押しつけてくる。

「きゃあぁっ……」

体重のすべてがそこにかかるせいで、いつもよりも奥まで穿《うが》たれ、ひくひくと身震いする。揺さぶられる衝撃の激しさに、腰の奥で愉悦《ゆえつ》が弾けるかのようだった。

「やぁぁっ、……セレ、クティオン、……強いっ、……これっ……あぁぁ！　……はぁんっ」

ガツガツと揺さぶられながら、奥深くまでぐちゃぐちゃとかきまわされ、感じるままにあられもない声を張り上げる。

甘ったるい嬌声《きょうせい》と、こんな責め苦にもうねうねと淫らに絡みつく内部のせいか、屹立は突き上げるごとに硬く大きく育っていった。膨れあがったそれにくり返しこすられた蜜壁は、悦びのあまりあさましいほどの蜜をこぼす。

ガツン、と下肢がぶつかるたび、強い振動と、ぞくぞくとした性感が這い上がってくる。続けざまの深い喜悦《きえつ》を味あわされたイリュシアは、ほどなく熱湯のうねりのような快楽に呑み込まれていった。

「もっと深く……私を、一番奥まで受け入れてください……！」

「あぁん……、あぁっ、はぁ……っ、あ、熱い、の……あぁあん」

ふくれあがった雄茎は、次第に獰猛《どうもう》な獣のように突き上げる動きを速めてくる。それはいつもとちがい、ひどく荒々しい動きだった。

臀部をつかみ、大きく上下に揺さぶられ、――しかし快楽に蕩けた身体は、そんな激しい律《りつ》動《どう》すらも陶酔をもって受け入れてしまう。

「あっ、……あぁあっ、……あぁあぁん、……あぁっ、……あぁあ――」

熱塊《ねっかい》のもたらす愉悦は炎のように全身を舐め、身の内を灼《や》く疼きに耐えきれず、喉からは甘い嬌声がとめどなく迸る。あえぐというよりも、明らかに悦んでいる女の声だ。

イリュシアは彼の首筋にしがみつく腕に、力を込める。

彼に対して硬く閉めていた心の鎖が、強く揺さぶられるごとに少しずつヒビが入り、砕け散っていくのを感じた。

(気づいて……くれる人がいるだなんて――)

望んで巫女になったのではないことを。アシタロテの巫女には向いていないのではないかという迷いを。

言い当てられた衝撃のあまり、しばし惚《ほう》けてしまった。それから感動した。そこまで自分を見てくれている人が存在したということに。

胸が、疼いた。

「はぁっ……、あっ……あぁ、……んっ……や、あぁぁ……っ」

汗ばんだ肌とこすれ合う胸の柔肉が、たわみながらぬらぬらと上下する。息を吹きかけられただけで感じてしまうほど硬く尖《とが》った先端への、絶え間ない刺激にびりびりする。

細い腰を悩ましげにくねらせるイリュシアの鼓膜《こまく》を、熱くかすれたささやきが愛撫《あいぶ》した。

「いつもよりも感じていらっしゃるのですね。──私もです」

顔を上げると、すぐ目の前に美しい顔がある。イリュシアに欲情し、凄絶《せいぜつ》に色めいた顔が。

「……ぁ……んっ──」

見とれていると、口づけられた。重ねられたくちびるを食み、絡《から》められる舌に自らのものを這わせていくと、彼は驚いたようだった。いきおい、のめり込むように激しく深い口づけを返され、それは角度を変えて、深さを変えて、延々くり返される。

粘膜《ねんまく》をこすり合わせて、吸い合う淫らな感触に、脳髄《のうずい》からぞくぞくとした官能のざわめきがあふれ出してきた。

「んっ……ん、んぅ……ぅっ」

身の内を走る恍惚《こうこつ》が下肢に伝わり、蜜洞がきゅうきゅうとわななく。すると彼のものが、さらに大きさを増し、ぐりっ、ごりっ、と獰猛に奥をえぐる。

その容赦のない苛烈《かれつ》な抽送《ちゅうそう》が、彼の歓喜ゆえであることとイリュシアは心のどこかで察していた。自分が彼に、これまでよりもわずかに心を寄せたことを、セレクティオンも察したのだ。

そしてその感動を、こうしてイリュシアに伝えてきている。

「はあぁっ、……あぁ、んっ……、ぁあぁっ、……ん、ぁあぁっ……──」

身体の奥底からわき上がる快楽の塊が膨れあがり、津波のように、いままさに自分を呑み込もうとしている。

細かく痙攣を始めたイリュシアの身体を、振りまわすように大きく突き上げながら、彼は自らも迫り来る衝動をこらえるように端整な顔をしかめた。

「……言ってください、イリュシア様。……私を達《い》かせる言葉を」

「いい……セレクティオン、……っ」

陶酔の涙をこぼし、イリュシアは高く悦びの声を張り上げる。眼裏《まなうら》が明滅するほどすさまじい快感の奔流《ほんりゅう》に、どこまでも高く持ち上げられながら──彼が望むまま、ただ声を発し続けた。

「気持ち、いい……っ、あぁあっ、……セレクティオンっ、すごく、いい、の……！」

＋＋＋　　　＋＋＋

神々に背《そむ》いた人間の末路を神話は伝えている。

聖典への造詣《ぞうけい》が深い家庭教師をつけられていたセレクティオンは、もちろんそれらの逸話《いつわ》をすべて心得ていた。

名を唱えてあげつらい、侮蔑《ぶべつ》した者はその場で雷に打たれ、寄進を遊興に費やした神殿は山火事に呑み込まれ、祭儀をおろそかにした国は勝てるはずの戦に大敗して滅びた。

そしてイロノス王。

たびたび人の妻に手を出していた彼は、貞節《ていせつ》を守護する女神の怒りにふれ、跡継ぎとなりうる男子を得られなくなった。……目の敵にしていた兄の妻との間にできたエレクテウスを除いて。

なべて神々は尊ばれるべきであり、その意志は決して侵されてはならぬものなのだ。にもかかわらず、自分はその禁を犯している。それも幾度も。気性が激しいとされるアシタロテ女神がいつまでも見過ごすはずがない。

イリュシアには希望的観測を言ったものの、それを心から信じていたわけではなく——ある日突然、こんな事態が起きることも、充分覚悟していた。

「いたぞ、そいつだ！」

神殿を出てしばらく進んだところで、突然の押し殺した怒声と共に、物陰から飛び出してきた複数の男達に襲いかかられる。

「——!?」

不意を衝いてのしかかられ、身体を引き倒され、腕をねじり上げられ——気がつけば、複数の人間に囲まれた状態で地面に膝をつかされていた。

男達は兵士のようだ。そしてその後ろから、もったいぶった足取りで現れたのは、他でもない自分の弟だった。

「何の真似だ」

訊ねた兄を、ギスタロスは鼻で笑う。

「白々しい。あんたがどんな女にも見向きもしなくなって、どのくらいたつと思っている？　かといって男に目覚めたわけでもなさそうだ。何かあるのではと思ってはいたが——……まさかこんなどえらい真似をしているとはな」

「何の話だ」

「とぼけるな！」

恫喝《どうかつ》のつもりか、彼は声を荒げて一歩前に詰める。

「調べはついてる。満月のたびにあんたが聖巫女《せいみこ》との聖婚に通っていることは、ちゃんと神殿内部の密偵《みってい》から報告が上がっている」

その言に、嘘だ、と心の中で反論した。

国王が神殿に放っている密偵は、ほぼ把握《はあく》している。その中にエレクテウスとの協力態勢を探り出せるような人間はいない。

多少の秘密を知っていて、懐柔《かいじゅう》に応じる人間としてひとり思い当たるとすれば、あの神官だ。イリュシアの本来の聖婚相手に内定していた、ダロスとかいう男。

(だが――)

彼とて事がおおやけになれば、失うものが多いことに変わりはない。神官としての立場も、イリュシアの初めての相手であるという栄誉《えいよ》も、周囲の人々からの信用も。

それを考えれば、おそらく成人の儀で入れ替わったことまでは白状できないはず。彼に言えるのは、せいぜいセレクティオンがイリュシアに想いを寄せていること、そのためなら手段を選ばない様子であることとくらいだろう。

それを聞いたギスタロスが、近年セレクティオンに女っ気がないことや、満月のたびにどこかへ行くことを重ね、当て推量《すいりょう》をしたのであれば――

(勘はいいが、証拠はあるまい)

考えをまとめ、顔を上げたセレクティオンは、思いもよらないことを言われた態《てい》で驚いてみせた。

「濡れ衣にしても、あまりに突拍子なさすぎる。何のことか分からないとしか言いようがないぞ」

「惚れた相手がいて、指をくわえて見ているあんたか？　聖巫女に手を出すくらいやりかねん」

「おそれ多くも聖巫女に対し、なんという暴言を――」

多少のあきれも交えて言うと、弟の顔が憤怒《ふんぬ》に染まる。

「しらばくれてもムダだ！　あんたが昨今あの聖巫女にご執心《しゅうしん》なのは調べがついている！」

「憧憬《どうけい》を抱き、尊敬申し上げてはいるが、実際にふれようなどと大それた考えを持ったことはない」

「ではなぜこんな時分に神殿にいた⁉　たったいま、こそこそと抜け出てくるところを見たぞ」

「忍んだのは……恋人に会うためだ。だがそれは聖巫女ではない」

「その女の名前を言え」

「言えばここを追われる」

「嘘をつくな！」

苛立《いらだ》ちのこもった怒声が夜道に響き渡った。けれどそれは熱い鉄を打つ槌《つち》のように、セレクティオンの中の覚悟をより強固にするばかり。

「おまえの悪趣味《あくしゅみ》な思い込みにつき合う義理はない」

冷静に応じると、弟は手を上げてきた。

ガツッ……と肉を打つ鈍い音と共に、セレクティオンのこめかみに衝撃と痛みが弾ける。出血があったらしく、視界の一部が赤く染まった。

意識をはっきりさせようと頭をふる兄に向け、相手は癇癪《かんしゃく》を爆発させる。

「あんたはイリュシアとよろしくやってきたんだ！　いまから乗り込んで、あの女をひんむいて調べてやってもいいんだぞ⁉」

国王やこの弟のように、信仰心の薄い者にかかれば神殿の権威もこんなものだ。

胸の奥底からこみ上げる不快感をこらえる。

事を大きくしてはならない。まちがっても、この一件がイリュシアの耳に届くようなことがあってはならない。いわんや、彼女の身に何かが迫るような事態には、決してしてはならない。

穏便にやり過ごすためにも、いまはおとなしくしていなければ。

(たとえイロノス王であっても、証拠もなしに神殿の中に踏みいることはできない……)

勝ち誇ってうそぶく弟の浅薄《せんぱく》さに嘆息《たんそく》した。

彼がいま神殿へ乗り込んでいったとして、聖巫女の元へたどり着くことはありえない。悪行ばかり有名な狼藉者から、信仰の要である女神の娘を守ろうと、一致団結した神殿の人々に手ひどく追い払われるのが関の山だ。

そもそも、背後に従えている兵士達すら、主《あるじ》の言動に眉をひそめている。

「家名に泥を塗りたくなければ自重しろ。私を調べることで気がすむなら、そうすればいい」

年長者としての落ち着きを示して言うと、「命令するな!」とふたたび拳《こぶし》が飛んできた。暴力が過熱する前に、周りの兵士たちがセレクティオンの両腕を取って立たせる。

引きずられて歩きながら、セレクティオンはようよう明けゆく空をふり仰いだ。

女神はいる。イリュシアと出会ったことで、自分はその存在を確信した。

そして自分は掟に従い、彼女にふれず、穢《けが》さず、崇めるだけでいることがどうしてもできなかった。だからこうなることは元より覚悟の上。

こうして捕まったということは、アシタロテがイリュシアを託すつもりで引き合わせたというのは、自分の勘ちがいだったのだろう。これがその報いであるというのなら、悔いはない。たとえこの先命を失ったとしても、自分は女神に対し胸を張って言うだろう。

イリュシアを愛していたから、求めずにいられなかったのだと。

ただその不遜《ふそん》な想いに彼女の運命までも巻き込んでしまったことだけは、弁解のしようがない。その身勝手の結果から彼女を守る義務がある。

そのためこれから自分は心にもない、最もつらい嘘をつこう。

聖巫女と会ったことなど一度もない。彼女にふれたことはもちろん、眼差しを合わせたことすらない。

ただ、アシタロテの神官しか相手にしないという女神の娘がどれほどのものか、興味ならある。

そういう俗な男を演じよう。

彼女とて、もし国王から真偽《しんぎ》を確かめる問いを受けたなら、はっきりと答えるだろう。そんな男は知らないと。それでいい。

(貴女のこれまでの人生の中に、私はどこにも存在しない。塵《ちり》ほどにも意識したことがない。

……そういうことにしてください)

彼女の身を守るためには、どうしてもそうする必要がある。現実を見据える理性で、感情的に反発し荒ぶる心をどうにかねじ伏せ、セレクティオンは天から地上に目を戻した。

5章　女神は審判を知らしめ

その日、イリュシアの殿舎《でんしゃ》はせわしない雰囲気《ふんいき》に満たされていた。

一週間前に王宮から聖巫女《せいみこ》への奉納舞《ほうのうまい》の依頼が来たのである。新たな戦に臨《のぞ》むにあたり、軍の将兵《しょうへい》の前で戦勝祈願《きがん》をとのことで、王宮に併設された野外劇場での祭儀《さいぎ》にしたいという。

奉納舞の規模は、国王からの寄進《きしん》の額によって決まる。そして神事《しんじ》をあまり重要視しないイロノスはこれまで、戦の前のならいとして形式的に巫女達へ依頼するばかりだった。それが、今回は聖巫女が直々《じきじき》に舞台に立つことを乞《こ》い、大々的な献納《けんのう》があったという。

先代の聖巫女オーレイティア以降、そのような機会がなかったため、久しぶりに訪れた晴れがましい話に、神殿《しんでん》の中は何日も支度《したく》で大忙しだった。中でも聖巫女の殿舎は、事前の神事や衣装、ともに舞う巫女や楽器の弾き手の選出など、雑事を抱えた関係者がひっきりなしに出入りするため、落ち着く間もない。

せわしなさは当日の朝、極《きわみ》に達し――そしてすべてを調《ととの》え、あと少しで出発というときになって、難しい顔をしたエレクテウスが、あわただしくイリュシアを訪ねてきた。

「行ってはならないって……どういう意味？」

「そのままの意味です、姫。いまからでもいい、奉納舞への参加をお断りください。具合が悪いとでも何とでも言って……」

「そんなわけにはいかないわ」

国のために戦う者達を鼓舞《こぶ》するのは、巫女の務めのうちである。おまけに今回、神殿はイリユシアが舞うだけの寄進をすでに受け取った。反故《ほご》にするわけにはいかない。

困惑して返すと、彼は顔を曇らせた、いくらかためらう様子を見せてから口を開いた。

「実は――前回の満月の夜、セレクティオンが国王に捕らわれたのです」

「え……？」

「それ以降、ずっと拘束されており、ミラサ家も落ち着かない状況のようです。これまで彼はイロノス王に気に入られ、信を置かれていただけに、青天の霹靂《へきれき》の事態だとか……」

誰もが事情を知ろうとしたものの、唯一国王から説明を受けたとされるミラサ家の当主は石のように黙して語らず、そしてまたセレクティオンの弟ギスタロスは、ミラサ家が跡取り息子を失うかもしれないと、意味ありげに吹聴《ふいちょう》してまわっているのだという。

「たったいま、懇意《こんい》にしている王宮の知り合いから聞いたのですが、……ミラサ家の当主は今年に入ってから病がちになり、それ以来ギスタロスは兄の身辺を探らせていたようなのです。その際に知った何かを、彼は国王に耳打ちしたのではないかと、私の知り合いは申しておりました」

「――……」

イリュシアは、全身の血が音をたてて引いていくのを感じた。凍りつき、言葉もなく青ざめる。

身分が高く国王の覚えめでたい貴族が、罪も明らかにされないまま拘束され続けるとは常にない事態である。よほどのことが起きたのだろう。

と、その推測を読み取ったかのように、エレクテウスはうなずいた。

「貴女《あなた》とセレクティオンの関係に勘づかれたと考えるべきです。彼の罪状が公表されていないのは、おそらく告発に証拠《しょうこ》がなく、またセレクティオン自身、罪を認めていないということでしょう。つまり今回の奉納舞の依頼は、貴女を王宮へと誘い出し、真偽《しんぎ》を確かめるための罠《わな》にちがいありません」

「……そう……」

いつかこんな日が来るかもしれないと思っていた。人々に対し、神を欺《あざむ》く大罪をいつまでも隠し通せるものではないと。また、いつまでもアシタロテに見逃されるはずがないとも。

（ええ、覚悟はしていたわ――）

不安をこらえ、イリュシアは弟に訊《たず》ねた。

「セレクティオンが捕らわれたこと、どうして教えてくれなかったの？」

「こういう事態になった場合、決して貴女を巻き込まないよう、また矢面《やおもて》に立たせないよう、セレクティオンから事前に言われておりましたので」

「――……」

(ひどいわ……)

彼はいつもそうだ。手前勝手に事を運び、イリュシアを愛していると言いながら、こちらの気持ちをまるで考えない。……そのやり方には、愚《おろ》かだと、腹がたってもよさそうなものなのに。

なぜいま、こんなにも温かい感情に満たされてしまうのか。

「ありがとう、エレクテウス。でもそれなら、なおさら行かなくては」

「姫……っ」

首を振る相手に近づき、イリュシアはその手を取った。

「わたくし、一度はセレクティオンに助けてもらったのだもの。借りを作ったままというのは気がすまないわ」

「ですが危険です。何が起きるか――」

「危険でも罠でも、行かなければなりません。……彼を救うために、わたくしにしかできないことがあるのですから」

+++　　　　+++

王宮の傍《かたわ》らには大きな円形劇場がある。

すり鉢《ばち》状の劇場は、舞台も客席もすべてが石灰岩《せっかいがん》で造られており、観客席の中央に獅子《しし》の彫《ちょう》像《ぞう》に挟まれた大きな玉座が据えられていた。その前方には、肘《ひじ》かけで区切られたゆったりとした席が、後方には、ただ段を作っただけの簡素な席が並んでいる。

大規模な奉納舞《ほうのうまい》を前に、座席は隙間《すきま》なく人で埋まっていた。前方には例外なく、将とおぼしき立派な戦装束の者達が腰を下ろし、後方では末端《まったん》の兵士らしい簡単な防具を身につけただけの者達が、すし詰め状態で押し込まれている。

そして最前列は、大青で染め上げた鮮《あざ》やかな青い外衣《ヒマティオン》をまとった者達が占めていた。評議会の貴族達である。

縦笛《アウロス》や竪琴《リラ》、そして葦笛《パンパイプ》に手鼓《チンパノン》……それぞれ弾き手である幾人もの神官《しんかん》や、踊り手の巫女達と、はなやかな一段を従え、イリュシアが舞台に上がっていくと、劇場中を揺るがすような大きな喝采《かっさい》が上がった。

普段、イリュシアが公衆の前に姿を現すことはほとんどない。一年に一度、アシタロテを祝して奉献《ほうけん》される大祭において顔を見せる程度である。

よって評判だけが独り歩きしているきらいもあり、イリュシアとしては面《おも》はゆいばかりだったが、舞台に上がった後、ゆるく顔を覆《おお》っていた薄紗を取り払い、客席に向けてほほ笑むと、喝采はさらに熱を帯びた。

けれどはっきりした視界にとらえた光景を前にして、イリュシアの胸に一抹の不安がよぎる。最前列の席に座る評議員の多くに見覚えがあった。先のクレイトス王の宮廷において権勢を有していた貴族達――良識派と呼ばれ、イロノス王の宮廷からは遠ざけられている面々である。

本来であればイリュシアの側に立つ彼らを最前列に並べるとは、何を意図してのことだろう？

向こうも同じ懸念《けねん》を感じているのか、やや浮かない顔だった。しかしイリュシアと目が合うと、いずれも励ますようにうなずき、熱心に手をたたいてくる。

国王は……とそっと目をやれば、こちらを興味深そうに眺めているのが見て取れた。宮廷には美女などいくらでもいるというのに、自分が知らない女にはひと通り触れておかなければ気がすまない、色好みの質《たち》なのだ。

顔立ち自体はエレクテウスと似ているが、まとう雰囲気は、話にならないほど異なっている。抑えることを知らない欲に濁った眼差《まなざ》しに不快感を感じ、イリュシアはさりげなく目を逸《そ》らした。

祭事の主役である兵士達が盛り上がる中、楽器の演奏が始まろうとした、その直前。

国王の横にいた男が突然立ち上がり、劇場内の客席をふり返った。

「お集まりの評議員の皆様！　そしてこれから戦に向かう諸兵！　私はミラサ家の当主が次男、ギスタロスと申します。重要な祭事の前ではありますが、現在床に伏している父に代わり、この場にて皆さまにお話し申し上げねばならないことがございます。アシタロテ女神のご加護《かご》を得るか、それともお怒りを買うかの大事な話。皆様にはどうか最後までご静聴《せいちょう》たまわりたい！」

弁論を教養の素とするこの国の者らしく朗々とした声。それは劇場の隅々にまでよく響いた。

ミラサ家の当主の次男、という名乗りにイリュシアは相手を見据える。ギスタロスは、芝居《しばい》がかった自分の行動に酔うていで胸に手を置き、傍らに向けて頭を下げた。

「国王陛下《へいか》、どうか場を乱す勝手をお許しください」

すでに事情を心得ているのだろう。イロノスは嬲《なぶ》るようにイリュシアを眺めながらうながす。

「言ってみろ」

その目をイリュシアは真正面から受け止めた。

思い通りになんてさせない。自らを欺いたセレクティオンとイリュシアを公衆の面前で糾弾《きゅうだん》し、辱《はずかし》めて重く罰《ばっ》したいのだろうが、そうはさせるものか。

疑いには証拠がない。セレクティオンを救う余地はまだ残されているのだから。

周囲では、舞台の進行を阻む無粋な行為に、観客から次々と鋭い問いが飛んだ。

「話とは何か！」

「祭儀を妨げるだけの重要な話か!?」

ギスタロスは自信たっぷりに「もちろんです！」と応じる。そして舞台上に向けて、大仰な仕草で腕を振った。

「聖巫女にお訪ねしたい。貴女は女神の加護の礎《いしずえ》としての役目を果たすだけの資格が、いまもおありなのでしょうか！」

斬《き》り込むような問いに、胸が凍りつく。それでも何とか顔には出さずに相対していると、ギスタロスはさらにたたみかけてきた。

「貴女はこの国の信仰を担《にな》う立場にありながら、我が兄セレクティオンと情を通じておいでですね？」

直接的な問いに客席がどよめく。

「いにしえの時代より定められていた、聖巫女は神官以外の者と通じてはならないという女神の法をないがしろにし、只人《ただひと》たる我が兄と逢瀬《おうせ》を重ね、そのたび身体《からだ》を許した！　そのことをいかが思し召しか⁉」

突然の告発に、場内は大きな混乱に見舞われた。観客だけではない。イリュシアの背後にいる神官や巫女たちまでもが、顔を見合わせて困惑している。

さわぐ人々の中、イリュシアはこめかみでどくどくと鳴る脈を閉め出すように目を閉じ、必死に冷静さを保った。

（落ち着いて。動じている姿を見せてはだめ。堂々とふるまうのよ――……）

事前にエレクテウスからこうなりうると聞いていた幸運をかみしめた。そうでなければ本心を隠すのは難しかっただろう。

「お答え願いたい、聖巫女よ！」

攻撃的な語調で、ギスタロスが問い詰めてきた。

イリュシアはお腹の前で両手を組み合わせ、目を開いて客席を見上げる。返答の気配を察した客席が、少しだけ静かになる。

何と答えるかは決めていた。そしてここに来るまでに、何度も心の中で練習をくり返してきた。

けれど実際に直面してみると、なかなか声が出ない。

「——……」

臓腑《ぞうふ》の縮むような緊張《きんちょう》と罪悪感に、喉《のど》をつかまれてしまったかのようだ。大衆を前にして、これほど気力を要するとは思いもしなかった。

だまったままのイリュシアに、ギスタロスはさらに容赦《ようしゃ》なく言葉の刃を振るってくる。

「どうか答えを！　女神の掟《おきて》に背く大罪について。どうか清く正しいお心に従い、正直にお話ください！」

（そう、わたくしは罪を犯《おか》した。そしていま、それを否定するという、さらに卑劣《ひれつ》な真似をしようとしている——）

その事実と向かい合うことはいまだ恐ろしかった。天から地上を眺める女神は、きっとすべて心得ているはず。その上で、最も効果的な罰を下そうと、時宜《じぎ》をうかがっているにちがいない。

服従には恵みを、裏切りには苛烈《かれつ》な罰を。それが、まつろう人々に対するアシタロテのやり方なのだから。

(――けれど)

セレクティオンには、何が起きてもそれを引き受けるだけの覚悟があった。そして実際、とらわれの身になっても頑《かたく》なに口を閉ざし、イリュシアの身を守ろうとしているという。

(わたくしは――?)

自問して、うなずく。覚悟なら自分にもある。

二年間、ひと月に一度の逢瀬を楽しんでいた。心待ちにしていたと言ってもいい。いま思うと、認めまいと目を背《そむ》けながらもずっと彼に惹かれていた。

そして他ならぬ彼に、聖巫女に向いていないかもしれないという不安に気づいてもらえたことがうれしかった。

つれなく振る舞う自分をも包み込む彼の大らかな愛情が心地《ここち》よかった。それに安心して心を開き、気がつけば誰にも――エレクテウスにすら見せられない本性を、彼にだけは見せていた。

……決して本人に言うつもりはないけれども!

（——あがいてみせよう）

それが自分達の逃れ得ぬ運命であるのなら、彼のために。

彼が自分を守ってくれたように、自分も彼を守るのだ。

無言のイリュシアに焦《じ》れたのか、ギスタロスの問いに追随《ついずい》するように、人々からも詰問《きつもん》の声が飛び出した。

「いかがなのですか、聖巫女よ！」

「お答えください！」

「どうか真実を！」

口々に問う人々に向け、イリュシアはお腹に力を入れて口を開く。

「もし——もしも神意にかなわないというのであれば、アシタロテよ、いまこの場に雷を落とし、私に罰をお与えください」

女神の審判を仰ぐ祈りの言葉に、劇場がしんと静まりかえった。

確固たる覚悟と共に、イリュシアは声を張り上げる。

「ミラサ家の若者なる男と通じたことなど一度もありません」

「な……っ」

「あまりに身に覚えのない話に驚き、言葉を失いました。女神の名にかけてわたくしは潔白です」

胸を張り、堂々と訴えた。それ以外の真実はないと、誰の目にも確信を込めて映るように。

聴衆から割れんばかりの喝采が起きる。

神殿の中、風にも当てぬよう育てられた王女が、攻撃に耐えるとは思わなかったのだろう。

ギスタロスはなおも言い募《つの》った。

「あっ、兄は自白したぞ！　鉄の棘《とげ》のついた鞭《むち》で打たれ、痛みにのたうちまわりながら吐いたのだ！　貴女も素直になるといい。いま認めておかないと後でもっとひどい恥辱《ちじょく》に見舞われようぞ！」

「――……っ」

（セレクティオンが……⁉）

揺れそうになる自分の心を叱咤《しった》した。

（真に受けてはだめ）

エレクテウスはこれが罠だと言っていた。イリュシアに揺さぶりをかけ、罪を認めさせるために仕組まれたことだと。

動揺と不安を押し殺し、イリュシアはあくまで毅然《きぜん》と返す。

「ではその者をすぐに解放なさい。鞭の痛みから逃れるため、あなたの望む答えを言っているに過ぎません」

その言葉に、客席からも次々に罵声《ばせい》が飛んだ。

「恥を知れ、ギスタロス！」

「そうまでして兄を陥《おとし》れたいか！」

「陛下……っ」

ギスタロスが救いを求めるようにイロノスをふり返る。年若い側近の敗北に、国王は笑った。

「潔白というのだから、それでよいではないか。女神の加護は失われぬまま。世にも美しい姪《めい》を罰せずにすんで余も胸をなで下ろしたわ」

鷹揚《おうよう》に言って、国王が立ち上がる。観客の声がおさまり、静かになった劇場内で、イロノスはイリュシアに向けて傲然《ごうぜん》と告げてきた。

「では疑いが晴れたところで、聖婚《せいこん》を賜《たまわ》ろうか」

ふいの問いはなにげなく、まるで散策にでも誘うかのよう。

「聖巫女がその資格を失っていないのであれば、この国で最高位にある巫女との聖婚ほど、利《り》益《やく》のありそうな戦勝祈願はないわ」

「――な……っ」

絶句するイリュシアの見ている前で、イロノスは客席を埋める将兵に向け勇ましく、そして同じ男として訴えるような笑みも含め、拳《こぶし》を振り上げた。

「兵士達よ、おまえ達の王を信じよ！　数えきれぬ女達を官能《かんのう》の海に溺《おぼ》れさせた技をもって、女神をすら忘我《ぼうが》の境地に追いやる快楽を奉《たてまつ》り、どんな敵をも圧して蹴《け》散《ち》らす最強の武運を得てみせるぞ！」

おおおお、と野外劇場は将兵達による興奮に満たされた。

いくら聖婚以外では神殿と縁のない兵士達でも、聖巫女が神官以外と契《ちぎ》りを交わすことはないという慣習くらいは知っているはずだ。しかし細かいところは気にしないのか、あるいは国王はその慣習の掟に縛られないとでも思っているのか。

勝利のための神事にかける彼らの期待に押しつぶされそうになり、イリュシアは新たな不安を覚える。

イロノスは、勝利と、聖巫女との聖婚を同列に定義した。そういうものと彼らの意識にすり込んだ。それを断れば、まるでイリュシアが勝利に背を向けたように見られてしまう。

（もしや――）

これこそがイロノスの目的だったのではないか。イリュシアは唐突にそう気づいた。

セレクティオンにまつわる疑惑は、王にとって些事《さじ》にすぎなかった。イリュシアとの聖婚を実現させるためにこそ、彼は奉納舞の場を仕組んだにちがいない。

（この間断ったから、よけい興味を引いてしまったんだわ……）

女という女に一度は手をつけてみたくなる悪癖《あくへき》は、セレクティオンによる説得や、評議会の申し入れなどでは、なりを潜めたりしなかったのだ。単に機をうかがい、神殿から引きずり出して申し出を受けざるを得ない状況に置くという作戦に切り替えただけだったのだろう。

イロノスは玉座から腰を上げると、ゆっくりと観客席の段を下りてきて舞台の下に立ち、腰に手を当てて、こちらを振り仰いだ。ニヤリと好色そうな笑みを見せる。

「……というわけだ。アシタロテの床上手《とこ》な神官達に仕込まれた身体を余にも味わわせろ」

一度神殿に戻ることができれば逃げることも可能だろうが、イロノスがそれを許すとも思えない。罠の本当の意味に気づかず王宮に——彼が治める世界に来てしまったことが、最大の失敗だった。

そう悟り、事実を受け止める。

（でも……それならそれで、こちらの目的を果たすことができる——）

ここに来たのは、戦勝を祈るためだけではない。イリュシアは国王に向け、静かに告げた。

「その前にまず、私の名誉《めいよ》を回復していただきたく存じます。私は女神の娘として、母を裏切るいかなる罪をも犯していないこと、ご理解いただけましたか」

「納得した。讒言《ざんげん》による勘ちがいだった」

「では宣告の疑念を撤回し、女神の赦《ゆる》しを乞うために神殿に寄進を。そして……いわれのない罪で捕らわれている者を自由に」

そこで少し間を置く。組み合わせた指に力を込め、緊張と共に声をしぼり出した。

「それらが滞りなく行われたなら、聖婚の指名をお受けいたしましょう」

とたん、それを耳にした良識派の貴族達から反対の声が上がる。

「なりません！」

「聖巫女の聖婚は神官とのみ許されるものです！」

「女神の聖性を犯せば国への加護を失います」

しかしそれらの反対の声は、国王への快哉《かいさい》をさけぶ兵士達の声にかき消された。不行状によって市民や評議会からは眉《まゆ》をひそめられるイロノスだが、戦好きで、軍備に費やす金を惜しまないため、将兵からの人気は高い。

埒《らち》があかないと思ったのか、良識派の議員達が席を立ち、舞台に向かってくる。イリュシアを守ろうとしてのことだろう。けれどそれに気づいた兵士達もなだれを打ってその前に立ちふさがり、たちまちもみ合いになる。

野外劇場は、一瞬にして大きな混乱に陥《おちい》った。巫女達が悲鳴を上げる。

「彼女たちを安全な場所へ避難させて下さい」

「かしこまりました。イリュシア様もどうかご一緒に！」

舞台上にいた神官達がイリュシアや巫女達を囲んで乱闘《らんとう》から遠ざけようとする。しかしすぐに、後ろから腕を取られ、引き戻された。

振り返れば、イロノスが手をのばし腕をつかんでいる。

「どこへ行く気だ？」

「なにを――……」

「大言をぶってのけたからには実行に移さなければな。アシタロテ女神をして愉悦《ゆえつ》の虜《とりこ》にし、地上にイロノスありと天上にまで名を知らしめてみせるわ」

「女神を愚弄《ぐろう》するおつもりですか！」

力まかせに引き寄せられる。身体を押しのけようとする抵抗をあざ笑うように、知らない男の身体が密着してきた。

「おまえ達はよく言うではないか。国のために神の機嫌を取り、加護を求めるのが王の務めと」

「お放しくださいっ、罰当たりなことを……！」

口づけてこようとする相手から顔を背ける。と、相手はさらされたうなじに吸いついてきた。

「ひ……っ」

「性愛の象徴たるアシタロテ神殿の、巫女の中の巫女——それを味わう権利は、国王の余にこそあるべき——だ……!?」

ガッとにぶく重い音がする。

反射的に目をやった先で、イロノスの頭が揺れた。彼は硬直し、やがてドッと倒れ込む。

「きゃ……！」

腕をつかまれたままだったイリュシアは、引きずられてよろめいたが、ふいにのびてきた手にさらわれるようにして難を逃れた。その際、腰に腕をまわして支え、ふいに添わされてきた身体にハッとする。

ふわりとただよう麝香草《タイム》の香り。覚えのある、しなやかなふれ心地。

「セレ――」

信じられない思いで振り仰ぐイリュシアから、セレクティオンはよそよそしく腕を放した。そして倒れた主《あるじ》を、冷ややかに見下ろす。

その周りで、一連の場面を目にした神官達が、そろって微妙な目線を交わしていた。いま国王を殴り倒さなかったか？　この人。

そんな意味合いの恐々とした眼差しが注がれる中、セレクティオンは足下に横たわる国王の脇に静かに膝《ひざ》をつく。

「陛下。どうなさったのですか、お気を確かに」

そして適当なところに目をやると、白々しい声でつぶやいた。

「おや、こんなところに石が」

ゆるりと持ち上げられた右手には、こぶし大の石が握られている。彼はそれを神官達に見せた。

「どこからともなく飛んできた石が、不運にも頭を直撃してしまわれたようですね。――否《いな》、これはきっと天上の女神から放たれたものにちがいない。……そうは思いませんか？」

凄《すご》みを宿した押しつけるような問いに、神官達はこくこくとうなずく。

我に返ったイリュシアが口を開こうとすると、彼はそれを目で制してきた。

（そうね——）

二人は知らない者同士であるはずなのだから、簡単に言葉を交わしてはならない。

それでも心の中では問いがあふれかえる。

なぜここに？　大丈夫なの？　鞭打たれたのではなかったの？

見つめていると、セレクティオンは混乱する人々に向け、舞台の上から「鎮《しず》まれ！」と一喝した。

鞭が振り下ろされるような鋭い声に——そしてつい先ほどまで疑惑の渦中にいた人間の登場に、人々は少しずつ落ち着きを取り戻していく。

注目が集まったことを確かめ、彼は周囲を冷ややかに睥睨した後、イリュシアに向けて他人行儀に頭を下げた。

「私への謂《い》われのない中傷《ちゅうしょう》がでたらめだったと、女神の審判を仰ぎ証《あか》していただいたとのこと、感謝の言葉もございません」

「いえ……」

小さく返した、そのとき。

イロノスがうめき声を上げ、頭をさすりながら緩慢《かんまん》な動作で身を起こした。

「セレクティオンか。ちょうどいい。聖巫女を余の部屋へ案内しろ。丁重にな。だが決して逃がすな」

「……陛下。常であれば御言葉に従うことは私の喜びであり、誇りでもあるのですが、今回ばかりはかないません」

「なに？」

淡々とした側近の返事に、国王が不機嫌にうなる。とそこへ、新しい声が割って入った。

「妾《わらわ》がいるからだ。イロノス王よ」

舞台の上に悠然《ゆうぜん》と現れたのは、銀の髪を高々と結い上げた、妙齢の美女——

「オーレイティア様……！」

巫女達の声に、その場にいた聴衆がざわつく。イリュシアと同じく、名前は有名でも顔を目にしたことがある者はめずらしいのだろう。

「王宮の一室に閉じ込められていたこの美しい若者を妾が見つけて救い出し、ここまでの案内《あない》を頼んだ」

クスクスと笑いながら彼女が言うと、イロノスは痛む頭をなで渋い顔になった。

「オーレイティアか」

「妾だけではないぞ。国王が奉納舞にかこつけて聖巫女を手込めにしようとしていると心配した市民達が、王宮の門前へ大挙して押しかけてきておるわ。妾もその者達に乞われてここにきたのじゃ」

「なんだと……？」

「『崇《あが》めるべき相手にふれてはならぬ』だそうだ。人々は、聖巫女を穢《けが》さずに神殿にもどすよう訴えておる」

不測の事態にイロノスは、ちっ、とふてくされたように舌打ちをする。オーレイティアはその目の前に膝をつき、艶麗《えんれい》な顔に凄みのある微笑《びしょう》を浮かべた。

「妾にとっても他人事ではないゆえな。いまこの場で女神の掟を尊重し、遵守《じゅんしゅ》すると誓わねば、妾と、そして一部評議委員と、神殿の権限によって王宮の門を開け、人々をここへ呼び込むが——いかが」

イリュシアが神官や巫女とともに劇場から去る段になっても、セレクティオンは見送るそぶりどころか、こちらを見ようともしなかった。

公の場で礼を言ったのだからそれで充分だろうとばかり、こちらには目もくれず不機嫌な国王の側に侍《はべ》り、ほほ笑みながらしきりに話しかけている。

(不義を疑われた相手、だものね……)

親しいことを知られてはならないのだから、彼の態度は正しい。お互いの名誉を守るためにも、そうしなければならない。

それでも、これまで二人でいるときは常にイリュシアのことしか目に入らないと言わんばかりだったから。彼の眼差しが自分に向けられていないと、気持ちが落ち着かなくてしかたがない。

それとももしや……彼の中でイリュシアへの興味が色褪《あ》せたのだろうか？

（……ありうるわ）

捕らわれていたという間、どのようなことが彼の身の上に起きたのか分からないが、それに懲《こ》りて心変わりしたという可能性も……ないとは言えないだろう。

人の気持ちは変わっていくものだから。……イリュシアが、気づけばセレクティオンの視線ひとつを求めてやきもきするほど、彼のことが気になってしまっているように。

（そんなに完全に無視しなくても。一度くらいこちらを見てもいいでしょうに……！）

イライラした気分で、胸中で独りごちる。そのイリュシアにオーレイティアの声がかかった。

「何をぐずぐずしておるのだ」

そのまま、こちらの肩を抱くようにして外へうながしてくる。

肩にふれる温かい手に、イリュシアは彼女にも危機を救われたことに思い至り、恐縮《きょうしゅく》してかしこまった。

「オーレイティア様……、私のためにわざわざご足労いただき、ありがとうございます」

「言ったろう、妾にとっても他人事ではないと」

「ですが本来、わたくしが自分で収めなければならなかったことです」

「そうだの。聖巫女の聖性が犯されれば、神殿の権威も失われる。その結果、国への女神の加護が薄れ、繁栄《はんえい》は翳り、国が衰えていく。……のぅ、イリュシア。そんなことは決してあってはならぬ」

ふいに振り向いたオーレイティアに見据えられ、声をつまらせる。

「オーレイティア様……」

まるで女神その人とばかりに、こちらの心を見透かしている目。あぁ、この人は気づいている……――

イリュシアは観念して目をつぶった。

「……オーレイティア様。わたくし……わたくし、罪を犯しました」

「ほぅ」

「わたくしの心はひとりの男に奪われてしまいました。おまけにその相手は神官ではありません。にもかかわらず、わたくしはその者と聖婚をくり返しております」

断罪を覚悟し、目を閉じたまま返事を待つ。しかし。

「そうか」

簡素な声に、イリュシアは困惑して目を開いた。

「ですから、その……」

「その想いを誤りと認め、見切りをつけるか？」

「──いいえ。……立場にふさわしくない真似をしてしまったこと、深く反省しております。が、彼の想いを受け止めたことが誤りであったとは思えません。そのために地位を追われ、罰を受けるというのなら甘んじて受けましょう」

覚悟を込めて言い切ると、オーレイティアは「そうは言うが……」と苦笑した。

「アシタロテは背信《はいしん》に厳しい。セレクティオンが真実女神の不興《ふきょう》を買っているのであれば、とっくに罰は下っておろうよ。それがなかったというのなら、彼が女神の下僕《げぼく》としてふさわしく仕《つか》えていると、当の女神が認められているということ。妾が口を出す問題ではないの」

「……それでも」

さっぱりと言ってのけた相手に、イリュシアはずっと考えていたことを切り出した。

「わたくしは還俗《げんぞく》するべきでしょうね」

「良識派の旗頭《はたがしら》となりうる王女が宮廷に戻ってくることを、イロノスが許すとは思えぬわ」

オーレイティアが自明の理とばかりに言い切る。

「その上で、どうしても思い切れぬというのであれば、現状を維持するより他にない」

「ですが、わたくしはもう……」

秘密を持つのは苦しいのだ。そう訴えようとしたイリュシアに皆まで言わせず、彼女は首をふった。

「セレクティオンは、妾がどれほど問い詰めてもそなたとの関係を認めなかったぞ。すまし顔ですべて受け流しおった。隠し通すと、あいつは腹を据えている」

「――……」

「イリュシア、そなたもだ。このことは隠せ。今後、誰に聞かれても決して話してはならぬ。忍ぶ恋はつらかろうな。だがそれに耐えろ」

寄り添うようでいて、厳しく求めもする――オーレイティアの言葉こそが女神からの宣告のように、イリュシアの耳には響いた。

「聖巫女として、それがそなたの務めだ」


そのまま自宅に戻るというオーレイティアと別れ、神殿に戻ったイリュシアは、不安顔で待ちかねていた神官や巫女達に迎えられた。

それらの者達に大事がなかったことを告げ、ひとしきり喜びに応えた後、その足で神殿長の居室を訪ねて大まかな事の次第を報告する。

あれこれと雑事を片付けてから殿舎に戻り、くつろいでいると、そこへふいに白い鳩《はと》が舞い込んできた。鳩は吸い寄せられるように、ごく自然にイリュシアの元へ飛んでくる。

（まさか……）

手をのばしたイリュシアの指先に、鳩はおとなしく停まり、落ち着いた。その脚には、なにやら小さな筒のようなものがくっついている。

「やっぱり」

セレクティオンから送られてきた伝書鳩のようだ。

筒を取り外して中を改めると、案の定、小さく折りたたまれた紙片が入っていた。引っ張り出して開いたところ、大神の祠《ほこら》、とだけ記されている。

神殿の庭園内にある木立の中には、他の神々を祀った四阿《あずまや》のような小さな祠がいくつか建てられている。そのうちのベリト神の祠のことだろう。

紙片を目にしたとたん、気持ちがそわそわとし始めた。

時間が書いていないということは、いますぐということだろうか。彼はもうそこにいるのだろうか？

（しかたがない人……）

人目のないところとはいえ、神殿の敷地内だというのに、相変わらず大胆なことだ。

ため息をつきつつも、イリュシアはさりげなく、そしてすばやく殿舎を抜け出した。誰にも見られぬよう気をつけながら、足早に指定された場所に向かう。

夕刻が近い。傾きかけた日の光に、あたりは赤く染まっていた。よって祠へ到着したとき、イリュシアの頬《ほお》が紅潮《こうちょう》していたことも、彼に知られなかったはずだ。

祠はすべてが大理石でできた小さな建物で、正面にこぢんまりとした祭壇《さいだん》があるほかは、屋根と石の長椅子があるだけである。

彼――セレクティオンは、せまい祠の中で竪琴を弾いていた。

天上の調べにも匹敵する技量でやわらかな音曲を奏《かな》でる姿は、いつもの通り。怪我をしている様子はない。が――

「あなたはひどく鞭打たれたと、弟君が言っていたけれど……」

弾む息をおさえて切り出すと、彼はゆるりと頭を持ち上げてこちらを見た。優美な顔にはいつもの余裕の笑みが浮かんでいる。

「確かに……尋問官《じんもんかん》の助手は鞭を取り出しました。ですが私が、『えん罪が証明された後、その足で報復に向かうから覚悟するように』と説得したところ、平和的な尋問に終始してくれましたよ。尋問官が弟と私の器を正しく見極める目を持っていたことは、お互いにとって幸運だったと言うべきでしょう」

「そう……」

いたずらめかしたほほ笑みを浮かべながらの言に、胸をなで下ろす。

尋問官の間にどんなやり取りがあったのかは分からないが、やはりセレクティオンが鞭に屈して自白した、という話はただの脅《おど》しに過ぎなかったのだ。

安堵《あんど》と共に無事な姿を見つめていると、彼は「ご心配おかけしました」と心得顔で笑う。

イリュシアは我に返り、ついと横を向いた。

「心配などしていません。あなたは如才《じょさい》ないから、取り調べくらいどうとでもやり過ごせるだろうと思っていました」

「私のために危険を顧みず王宮へやってきてくださったとか」

「戦勝祈願の依頼だったので断れなかっただけです」

「おや、エレクテウスから聞いた話とちがいますね」

「え……？」

「『彼を救うために、わたくしにしかできないことがあるのですから』」

「エ――」

（エレクテウス……！）

愛する弟を、心の中で叱《しか》りつけた。口がすべったにしてもひどすぎる。

（いえ、それよりも……）

「いったいいつ、そんなことを？」

今朝方交わした会話がどのように伝わったのか、首をひねるイリュシアに向け、彼はしれっと返した。

「つい先ほどです。私をここに引き入れてくれたのは彼ですから」

「な――」

なんということだろう。満月の夜でもないのに。

額《ひたい》を押さえて嘆息《たんそく》をこぼす。

「すっかりエレクテウスを味方につけてしまったのね」

「味方……というほどではありません。ただ、手を組むことには同意しました」

「手を組む……？」

「貴女が王宮へ向かった後、すぐオーレイティア様に連絡を取ったのは彼です。彼はあなただけでなく、私のことも助ける必要がありました」

「どういうこと……？」

意味ありげなセリフに、わずかに眉を寄せる。そんなイリュシアに彼は驚くべきことを告げた。

「エレクテウスは、王位継承者《けいしょうしゃ》として名乗りを上げるべく動き出すことを、ついに決心したのですよ」

「……まさか――」

「ひとまず、先王クレイトス陛下と懇意にしていた貴族達を味方につけ足場を固めるつもりのようですが、ひそかに私にも協力を求めてきました」

（馬鹿なことを……！）

その早計なやり方に、ほぞをかんだ。

セレクティオンは国王の腹心なのだ。その彼に協力を求めるとは、間諜《かんちょう》になれということ。

またそれは、弱みをにぎられるエレクテウスにとっても危険な賭けになる。

なにしろすべて、セレクティオンの気持ち次第になってしまうのだから。その先、彼が選んだ側は有利になり、選ばれなかった側は困難な状況に陥るだろう。

不安に瞳を揺らすイリュシアに、彼は竪琴を奏でながら穏やかに言った。

「エレクテウス殿下《でんか》には充分な勝算があったのです。そしてそれは正しい。私は彼に、事が成った暁《あかつき》には貴女をもらい受けることを条件に、力を貸すと応じました。そして彼は、貴女に異存がなければかまわないと」

「――……」

さらりと言われたことに一瞬唖然《あぜん》とし、それから声を張り上げる。

「なんですって……!?」

「彼が王になれば、貴女はいつでもご自分の意志で聖巫女を退くことができるようになります。……そのためだけに、私は彼に協力してもいいと思ったのです。ですがもちろん、ただでというわけにはいきません」

ゆるりと持ち上げられた薄茶色の眼差しは、凄絶《せいぜつ》なほど色めいていた。

眼差しを受け止め、鼓動《こどう》が速まっていくのを感じながら、短く返す。

「それは……?」

セレクティオンは、いっそう妖しい微笑を浮かべ、ちらりと舌先でくちびるをなでた。

「その労と引き替えに、ひと月に一度などではなく、日ごと夜ごと貴女を心ゆくまで可愛《かわい》がるという――私の悲願を、何としても成就《じょうじゅ》させなくては」

ぬれたくちびるでささやかれた言葉に、どうしようもなく頬が火照《ほて》っていく。顔を背け、イリュシアは身をひるがえした。

「エレクテウスと話してきま――あ……っ」

素早く後ろからまわされた腕が、祠から去ろうとした身体をさらい、抱きしめる。それはイリュシアの身も心も力強くとらえ、麝香草《タイム》の香る熱い胸の中にきつく閉じ込めた。

「……気づいておりました。劇場から去るとき、貴女が幾度も私のことを気にするそぶりで見つめてくださっていたこと」

「……気のせいよ」

「貴女があれほど私を求めて見つめて下さっているのに、眼差しを返せなかったことが、私にとってどれだけつらかったか……、貴女にはおそらくお分かりになりますまい」

首筋に、そしてうなじに、くり返し口づけながら、彼はやるせなくささやいた。

オーレイティアや、イリュシアに味方する評議員たちに被害の出ることがないように、イロノス王をなだめる必要があったこと。

国王の意識をこの一件から逸《そ》らし、新しい興味へと向けるために――確実に、そして可及的すみやかにそれをやってのけるため、生まれて初めてと言ってもいいほど必死に知恵を振りしぼったこと。

「なぜそんなに急いだの？」

「貴女からあんなにも熱い眼差しを向けられ、私が平静でいられたとでも？　一刻も早くこうしてふれたくて、熱く蕩《とろ》けた貴女の中に入ってひとつになりたくて、無我夢中でした」

「ひとつって――……っ」

「それに貴女のためでもありました」

「わたくしの？」

「私が貴女への興味をなくしたのでは、などと――一瞬たりとも不安にさせたくなかったのです」

「気のまわしすぎね。そんなことは一瞬たりとも考えなかったわ」

と、イリュシアの身体が少しだけ反転させられた。そして素直になれないくちびるに、セレクティオンのそれがふいに重ねられる。

言葉を途切れさせたイリュシアを、彼は見透かすような薄茶色の眼差しで、背後から見下ろしてきた。

「貴女ほどではありませんが、私も冷たいそぶりには定評があります。普通であれば相手の気を引く駆《か》け引きの手段として、とても有効なのですが……止めておきます。あの様子では、貴女は私に冷たくされたら泣いてしまうでしょうから」

「──!?」

ふふん、とでも言いたげな、自信に満ちた笑みに、イリュシアは青い瞳を瞠《みは》る。

「わたくしがあなたのせいで泣くだなんて……そんなこと、あるはずがないわ！」

言って、ついと横を向いた。不遜《ふそん》な物言いがおもしろくない。そしてそれが当たらずとも遠からずであることが、なおさら気にくわない。

しかしその態度はどうやら彼の何かに火をつけたようで──

「まったく貴女は……よくよく私を意地悪な気分にさせる才能がおありだ」

声色が、いくらか低くなったことに、どきりとした。

背後から抱きしめながら、彼はイリュシアの耳朶についばむような口づけを落としてくる。

「冷たい言葉をかけられるたび、私が興奮することはもうご存じですね？」

「こ、興奮って──……」

「知らないふりはいけませんね。言ったはずです。つれない言葉は、貴女にうんと恥ずかしいお仕置きをする口実になるのだと」

「聞いてないわ……っ」

「申し上げました」

「知らないったら──あ……っ」

セレクティオンは、後ろからイリュシアを抱きしめたまま、右手で大腿《だいたい》をなで上げるようにして、くるぶしまである内衣《キトン》の裾を持ち上げた。そしてその中にするりと手を差し入れてくる。

「あ……」

どきどきと胸をさわがせるイリュシアの耳元に、ひどく意味ありげな声がささやいた。

「いやらしいお仕置きを、期待されているのでしょう？　――おまかせください」

色めいた声に腰まわりがざわめく。右足の大腿には、彼の手が直接ふれていた。

「期待なんか……」

精いっぱいの反論は聞こえないふりで、彼は耳朶の中に吐息《といき》をふきこんでくる。

「この片脚だけ、そこに乗せて立ってください」

指示する視線の先には、簡素な大理石の祭壇があった。高さはイリュシアの腰よりも少し低いくらい。彼はその祭壇に、右の脚だけ乗せるよう言ったのだ。

「――そんな、恰好《かっこう》……っ」

「手伝いましょう」

そう言うと、セレクティオンはイリュシアの膝裏に手を当て、そっとつかんで持ち上げる。そうして右の膝から下を祭壇の上に乗せられると――自然、イリュシアは大きく股を開き、左脚だけで立つ、ひどく不安定な体勢になってしまった。

祭壇に手をついたとしても、均衡を保つのが難しい。――というのに。

「何をされるか、もうおわかりですね……？」

「……、……っ……」

彼は、膝上までめくれ上がった内衣《キトン》の中に手を潜りこませ、祭壇に乗せたイリュシアの右の大腿を思わせぶりになでまわす。かと思うと、脚の付け根の方へ少しずつ指を近づけていった。

やがて、その指でぱっくりと開いた秘裂《ひれつ》にふれる。

「……ぁ……っ」

「ここをいじられるの、お好きでしょう?」

そこはまだ乾いたままだったが、繊細《せんさい》な彼の指がゆっくりと蜜口《みつくち》の周囲をたどり、前庭の突起を二本の指ではさむようにして小刻みの振動を与えると、やがてじわりと愛液《あいえき》がにじみ出してきた。

「は……ぁっ……」

「やはり、ここは上のお口とちがい大変素直ですね」

「待って、これ……っ」

立っている左脚から力が失われたら――

言葉を途中で呑《の》み込んだものの、察した様子のセレクティオンは「ご心配なく」と笑う。

「もちろん、そのときは受け止めます。我慢できなくなったら、安心してくずれ落ちてくださってかまいません」

「あぁ……っ」

指先ではさんだ花芯《かしん》をきゅっと引っ張られ、イリュシアはぴくりと肩をふるわせてあえいだ。

その耳元で、彼はひどく満足そうに笑う。

「私の指の悪戯《いたずら》に、貴女がどこまで耐えられるか……お見せ下さい」

「ば、ばか……！」

しー。

ささやいて、彼は祠の外に目を向けた。

「大きな声を出したら、人に気づかれるかもしれませんよ。いまの貴女の姿を見れば、着衣の内側で何が行われているのか誰だって察するでしょう」

「いや……ぁ……っ」

内衣《キトン》の中ではもちろん、彼の奔放《ほんぽう》な指が巧《たく》みに秘裂の割れ目をいじっていた。

蜜のぬめりをすくうようにして蜜口をたどったかと思うと、そこから前の突起までの部分をちろちろとくすぐり、花芯を先ほどよりも強くふにふにとつまむ。すべての指がまるで別々の生き物のように動き、同時に刺激してくる。

「あっ、……んっ、ぁ、……あぁ……っ」

片膝を祭壇に上げた状態では脚を閉ざすこともかなわず、イリュシアは淫《みだ》らな声を上げながら、ただ不埒《ふらち》な指戯《しぎ》に耐えて内腿《うちもも》をふるわせた。

「あっ……、ふ、……うっ……」

「あぁ、たくさん蜜があふれてきましたよ」

その言葉を裏付けるように、指はくちゅくちゅと、音をたてて動きまわる。花芯をくりくりと転がされると甘い痺《しび》れが背中を駆け抜け、腰が溶けてしまいそうなほど感じてしまった。

「んっ……ふぅ……！」

やがて指は、まだせまく閉じたままの蜜口を拓《ひら》くように、じわじわと潜り込んでくる。くぷ……と、やわらかく開き始めたそこに長い指を挿《さ》し込んでくるのとほぼ同時に、彼の左手がまろやかな胸のふくらみをつかんだ。

「こちらを忘れていました」

わざとらしく言い、手は柔肉《やわにく》をねっとりと捏《こ》ねまわし、先端をつまみ出す。

「あっ、……あっ、……ふぅ、んっ……」

「左脚がずいぶんふるえてますよ。あまり簡単に降参《こうさん》されてもつまらないので、もう少し我慢してくださいね」

「ふぁっ、……や、……あぁあ、ん……！」

言われなくても、左脚がひくひくとふるえ、いまにも力が抜けてしまいそうな状態であることは分かっていた。必死に立っていようとするのだが、その努力をあざ笑うかのように、彼の指はつるりと花芯の包皮を剝《む》き、感じすぎてつらい中身に直にふれてくる。

「ひぁんっ、……だめ、……あぁあっ、……それ、だめっ、だめぇ……ぁあっ」

指の腹で、痺れるほどに幾度も花芯の核を転がすと、弓なりに反ったイリュシアの背中が、びくびくとふるえた。火がついたかのように、そこから甘い熱が発し、近くの蜜洞《みつうろ》をとろとろに溶かしていく。

その蜜口はすっかり彼の指になじみ、すぐに二本目が挿しこまれてきた。束ねた指が、ぬちゅとぬちゅとそこをかきまわす音が、衣服の内側から聞こえてくる。

「はぁっ、ぁ……んっ、……んんっ……」

しばらくは抜き挿しをして媚壁《びへき》をこするばかりだった指は、やがて隘路《あいろ》を優しく拡げるように、押しまわし始める。

焦れったいほどゆっくりとしたその動きに、切なくあえいでいると、ふいに悪戯な指が秘玉《ひぎょく》の裏あたりにある性感の源をそっとなでてくる。

「やぁぁぁ……っ」

それまで以上に熱い愉悦《ゆえつ》が弾け、イリュシアは喉をのけぞらせてあえいだ。

脚に力を入れるため、そうそう腰を動かすこともかなわず、ひくひくとふるえるばかりの下肢《かし》の奥で、こらえている分、強く中のものを締めつけてしまう。

自分の中を蠢《うごめ》く彼の指を、きゅうきゅうとからみつくそこで感じる淫猥《いんわい》さに、顔が熱く火照っていく。

「ここ……私のものでこすられると、ひどく感じてしまうところですね」

その熱をさらに煽《あお》るように、彼が耳朶にささやいてきた。

「私と貴女だけの秘密の場所……」

悦《えつ》に入った声でささやき、彼はイリュシアがひどく感じてしまうそこを、ゆるゆると集中してこすりたててくる。

とたん、目もくらむような快感がドッとあふれだし、身体が大げさなほどビクリと跳ねた。

「あぁぁっ、あ！　……あぁっ、あぁっ……い、やぁっ……！」

かろうじて立ったままの左脚が、危ういほどにひくひくとふるえる。

「いま、どっと蜜があふれてきましたよ。あっという間に手がぬれてしまいました。ほら……」

こちらの羞恥《しゅうち》をかき立てるように言い、彼は大きな動きで指を抜き挿しする。じゅくじゅくという、はしたない音は下腹の奥へ直接響き、動かないよう抑えているはずの腰が淫らにくねる。

「はぁっ……ん、んんっ……んっ……」

くずれ落ちないよう、淫戯《いんぎ》のもたらす官能を必死に我慢しているうち、ふいにお尻に硬い感触が当たった。そのことに、カァ……と頬が染まる。

彼は隠そうともせず、それを衣服越しに押しつけてきた。

「みだりがましく蕩けた貴女の中は気持ちよすぎて、指でいじるだけで達《い》ってしまいそうです。ああ、もちろん……」

言葉を切って、彼はじっくりと弄《もてあそ》んでいた胸の柔肉を、ひときわ淫靡《いんび》な手つきで捏ね上げる。

「ふぁ、ん……っ」

「精いっぱい我慢する貴女の姿にも、たまらなくそそられておりますよ」

からかうような声音にすがるように、イリュシアは肩越しに振り返る。

「も、だめ……立って、いられない……っ」

「降参の時は、何て言うんでした？」

「き、気持ち……いい……っ」

「それはよかった」

小さく笑い、そして豊かな胸を揉《も》みしだいていた左手が、勃《た》ち上がった頂《いただき》をこりこりと強くつまむ。同時に、剝いた淫核と、内側の敏感なところをいじる指が、そこに細かな振動を与えるように動いた。

「ぁあぁあっ……！」

それはとても気持ちがよく、どうしようもなく感じてしまったイリュシアは、声を殺すことも忘れてびくびくと腰を痙攣《けいれん》させる。

「……んっ、ぁあぁっ、あぁっ……やぁあ、……そんなに、しては……ぁあっ」

「足下を見て下さい。……床まで蜜がしたたっていますよ」

「やっ、あぁぁ……っ」

快感と羞恥に、顔はすでに茹《ゆ》でられたかのように熱い。背後からその頬に口づけてくる彼もまた、かすかに吐息を振るわせていた。

「こんなにぬらして……いけない方だ……」

「やぁっ、……ぁっ、言わ、ないでっ……んっ――あっ、あぁあぁ……っ」

我慢のできない際まで追い詰めるような淫靡な指遣《づか》いに、甘苦しい濃密な衝動が下腹からせり上がり、身体をこわばらせていく。自分の内部で動く手指の感覚と、そこで響くぐちゃぐちゃという音が、容赦なく羞恥と興奮を煽り立ててきた。

ほどなくしてイリュシアは、みだりがましい声を発しながら、頂へ昇り詰めていく。

「あっ、はぁあっ、ぁあぁぁ……！」

背筋《せすじ》を反らせて硬直するイリュシアの下肢《やわひだ》では、なおも指がぐりぐりと弱点をこすり立ててくる。蜜を吹きこぼしながらうねる柔襞は、その指に、いつまでも貪欲《どんよく》にむしゃぶりついていた。

「やぁあっ、んっ……いまはっ、だめぇっ、……こ、こすっちゃ……ぁ、ぁあぁあ！」

がくがくとふるえていた左脚から、ついに力が抜けてしまう。

支えを失ってくずれ落ちた身体は、約束通り彼にしっかりと受け止められた。――のはいいのだが。

彼はいつまでたっても、みだりがましい指淫《しいん》を止めようとしない。

達していている最中だというのに、媚壁の中と、花芯と、最も感じる場所をくりくりと責められ続け、イリュシアは泣き出す寸前のような声を上げた。

「ぁあんっ……いやっ、……だめっ、だったら、……いまはっ、ぁあぁ……ぁあ、ん……！」

「もっと――もっと感じてください。もっと……我を忘れて溺れてしまってかまわないのですよ」

「だめぇっ、……あ、そんな、……だめ、なのっ、……あっ、あっ、やぁっ……ぁあぁぁぁ……っ」

「貴女にどこまでも大きな快感を与えることが、女神への感謝を示すことになります」

荒い息を殺しながら、セレクティオンがつぶやく。その口ぶりには、何やら特別な意味が込められているように感じられた。

しかしその真意を問う前に、彼は、ようやく指をぐちゅ……と秘処《ひしょ》から引き抜き、くずれおちたイリュシアを、左右の脚を開かせた状態で祭壇に座らせる。

「あ、……ぁ、……はぁ、……あ……」

長々と絶頂を味わわされたイリュシアは、左脚のみならず全身に力が入らない状態で、目の前に立つセレクティオンにくったりと身をまかせる。

と、彼はやわらかい含み笑いでつぶやいた。

「いつもの、冷たくしっかり者の貴女に、このお姿を見せて差し上げたい」

「普段つれない貴女が快楽に屈する姿ほど、私を興奮に駆《か》り立てるものはありません」

「い、や……そんな、の――……」

「あぁっ……」

彼は、祭壇に座らせたイリュシアの、蜜をたたえてぽってりと膨《ふく》らんだ淫唇《いんしん》を、自分の昂《たか》ぶりで貫いてきた。それまでの淫戯に腫《は》れた蜜壁は、ズブズブと少しずつ押し込まれてくる雄《おす》の感触を、ひどく生々しくとらえてしまう。

「あ……、あ……、入って、くる……っ、入ってくる……っ」

「きつくて、やわらかい。あぁ……いつもながら、すばらしい――!」

陶酔《とうすい》の混じったその声音に、イリュシアの胸の奥が、誇らしさに疼《うず》いた。

奥まで達したところで、彼はこちらの身体を強く引き寄せる。そのため臀部《でんぶ》は祭壇から半ば以上ずり落ち、下肢の一点に体重がかかった。彼の好む不安定な体勢だ。

指では届かなかったような深いところを、硬くいきり立った切っ先でグリッと穿《うが》たれ、頭の中に火花が散る。

「あぁあぁ……!」

背をのけぞらせ、びくびくとふるえながらも、イリュシアはどこまでも彼のものを受け入れるように、目の前の身体にしがみつき、その腰に脚を巻きつける。

セレクティオンがうれしそうに喉を鳴らした。

「欲張りな方ですね。そんなに私のものがほしいのですか？」

「ほしがっているのは、あなたよ……」

「ええ、私はいつでも貴女がほしいですよ。……いつも、こうして奥まで——うんと奥の奥まで私でいっぱいにして、めちゃくちゃにすることばかり考えております」

「奥まで……あなたでいっぱいにして——」

「かしこまりました。……それから？」

「めちゃくちゃに、して……っ」

逆るような情熱に、引きずられるようにしてイリュシアも応えてしまう。

しかし口にしてから、その羞恥に蜜洞《みつうろ》がきゅん、とうねった。絡みつかれた屹立《きつりつ》が、ぐぐ、と膨れあがる。

「あ……っ」

息を呑むイリュシアの身体を振り上げるように、彼はじゅぶっと勢いよく突き上げてきた。

「ぁあぁっ、……はぁあんっ、やぁ……あぁあっ、……は、激しっ……ぁあぁ……っ」

がつん、がつん、と硬い楔《くさび》が容赦なく最奥を抉《えぐ》るごとに、大きな火花のような官能が弾け、頭が真っ白になる。マグマのように濃密な愉悦の波が、次から次へと押し寄せてくる。

イリュシアは彼の腰に巻き付けた脚に力を入れ、必死に大きな揺さぶりに耐えた。

だが、いじられ過ぎて痺れている花芯が彼の下腹にあたり、ぐりぐりとこすり立てられるに

至って、それもかなわなくなる。

「あぁぁあぁっ、……あぁっ、だめぇっ……、もうっ、むり……、あぁぁっ、……ぁああぁぁぁ……！」

奥へ、もっと奥へ。

焦《こ》がれるほどに求めてくる彼の雄の衝撃《しょうげき》よりも、うねり迫る快楽の奔流《ほんりゅう》の方がより大きくなり、やがてその渦にふたりして一緒に巻き込まれていくのが分かった。

熱く、深く、どこまでも気持ちよい快楽の淵は、真っ白な忘我《ぼうが》の中にふたりを誘う。まるで身体が溶け合うようなその心地は、初めて味わうものだ。

「――は……ぁ……っ」

あまりにも深すぎる官能に怯《おび》えるイリュシアを、彼が固く、きつく抱きしめてくる。

「女神よ、願いをお聞き届け下さったこと、心より感謝いたします――」

え？　と思った瞬間、イリュシアは雷に打たれたような快感を感じ、身体を大きくのけぞらせて甘い啼《な》き声を高く響かせた。

同時に、彼はびくびくと痙攣するイリュシアの腰をきつく抱きかかえるようにして、中で果てる――。

「――ぁ……ぁ……っ」

まるで意識だけが、どこかへ飛んでいってしまったかのよう。

快感の余韻《よいん》はどこまでも尾を引き、さざ波のように寄せては引いてをくり返し続けた。

イリュシアが自分を取り戻したのは、しばらくたってからのこと。

「……大丈夫ですか？」

「――……ええ……」

想像だにしなかった絶頂に、ぼんやりとしながらうなずく。

気がつけば、石の長椅子に腰を下ろしたセレクティオンの膝の上に乗せられ、横抱きにして腕の中に囲われていた。

「これぞ女神の恩寵《おんちょう》ですね」

つぶやきに、「え？」と目線を上げる。その目尻に、彼は口づけてきた。

「私は、これまでずいぶん閨《ねや》の回数を重ねましたが、いまのような経験は初めてです」

「そう……あなたも、初めてだったの……」

汗と麝香草《タイム》の香る彼の胸に頭を預け、ぐったりとしながら応じると、彼ははやる心を抑えるように、切り出してきた。

「ところで先ほどの件、まだお返事をいただいておりません」

「……返事……？」

「貴女をもらい受けることを条件に協力すると申し出た際、エレクテウスは貴女の選択にゆだねると」

「あぁ……」

先ほど耳にした条件を思い出し、けだるくうなずくと、彼は指でイリュシアのこめかみの髪を梳きながら続けた。

「いかがでしょう?」

快楽の残り香を宿した眼差しで見つめてくる相手を、イリュシアはあきれた思いで見つめ返す。

(いかがも何も――)

これほどまでに手段を選ばずに自分を好きにしておいて、いまさら何を。……としか言いようがない。

身体だけではない。心まで、もうとっくに捕らわれている。イリュシアをその手に抱くためだけに女神の掟を破り、自分の家と、国王までをも裏切った彼に。

そして、その破天荒《はてんこう》な行動力とは裏腹に、ひどく繊細に整った顔を――一緒にいるときは片時もイリュシアから視線を離さない瞳を見ていると、胸がさわいで仕方がなくなるのは、初めて会った瞬間から変わらない。

思えばあの時、恋に落ちていた。

そんな単純なことに気づくのに、ずいぶん時間がかかってしまったけれど。

そしてまた自分は、目の前で不敵にほほ笑むこの相手を見ていると、どうにも素直になれないのだけれど。

胸を疼かせる甘やかな気持ちにふたをするように目を閉じ、イリュシアは物憂《ものう》く口を開く。

「……エレクテウスが、王位継承者としての立場を得るのが何年先になるのかわからないけれど……、その間あなたがひとつの浮き名も流さず、わたくしとの聖婚を続けるのなら……、考えてもいいわ」

言い方は、ついついそっけなくなってしまう。我ながらかわいげがない。

にもかかわらず、セレクティオンはひどくうれしそうに破顔《はがん》した。

「必ず。安全に、かつ確実に彼を望む地位に就《つ》けてみせましょう。そして……貴女に私の浮気を心配していただけるとは思いませんでした」

「し、心配しているわけではないわ。不実な人が嫌いなだけです」

むきになって反論すると、彼は自信たっぷりに請け負う。

「二年前を考えれば、貴女が私の腕の中にいるいまは奇跡《きせき》です。それを台無しにするような真似はしません」

「でも……そうするとあなたは、独身で高貴な身分なのに、女の人をいっさい寄せつけない、変な人に見られてしまうわね……」

性愛を謳歌《おうか》することを是《ぜ》とするメレアポリスにおいて、それは望ましい事態ではないかもしれない。

変な方向へ心配をするイリュシアの、わずかに寄せられた眉根に口づけて、彼は幸せそうにほほ笑む。

「ですから一日も早く、貴女との仲を公言できるようになるよう、力を尽くします。ええ、信じて見ていて下さい」

「セレクティオン……」

くちびるが重なり、ぬれた吐息が混ざり合う。うっとりとした時間がふたたび始まる前に、彼は薄茶色の瞳に真摯《しんし》な色を浮かべてささやいた。

「いつかきっと、あなたを聖巫女の立場から解放してみせます」

誓うように堅く、厳かに。

エピローグ

新緑が目にまぶしいその日、ミラサ家で暮らすイリュシアのもとに高貴な客の訪《おとな》いがあった。

半年ほど前に即位した新しい国王エレクテウスの婚約者《こんやくしゃ》として、現在王宮でお妃《きさき》教育の真っ最中のミュリエッタである。

十三歳の時、彼を追って神殿にやってきた彼女は、そこにいる間、まだ聖巫女《せいみこ》の地位にあったイリュシアの身のまわりの世話をする役目に就《つ》いていた。その関係で、お互い神殿を退《しりぞ》いてからも親交が続いているのだ。

十七歳になったいま、彼女はエレクテウスとの恋を実らせ、花開くような変貌《へんぼう》を遂げた。以前は健やかさが勝っていた可憐《かれん》な容貌にも、しっとりとした色香めいたものが漂っている。

「わー、すごい。王宮と同じくらい豪華な新居ですね！　新しい生活にはもう慣れましたか？」

……のは、外見だけだったようだ。

以前と変わらず、気取らぬ言動ではしゃぐ未来の妹に、イリュシアはほほ笑んでうなずく。

「そうね。……八歳からずっと神殿で暮らしてきた身で、突然外の世界に出るのは勇気が必要だったけど、飛び出してしまえばどうということはなかったわ」

聖巫女の座を辞したのが半年前。それから結婚の準備をする間、新国王の姉として王宮で暮らし、ひと月ほど前に無事に婚儀《こんぎ》を行った。怒濤《どとう》のような日々が、ようやく落ち着きを取り戻しつつある。

「セレクティオン様との暮らしも？」

いたずらめかしたミュリエッタの問いには、冷静に応じた。

「彼とは……もうつき合いも長いから、いまさら同居も別居も変わりがないわ」

「ちょ、イリュシア様。新婚なのに……っ」

エレクテウスと蜜月《みつげつ》のさなかにある彼女には、淡泊なイリュシアの態度が理解できないらしい。

仲を取り持とうとしてか、懸命《けんめい》に訴えてくる。

「セレクティオン様だって、九年間大変だったと思いますよ？　あのご容姿に、家柄に、如才《じょさい》ない性格！　誘惑《ゆうわく》も、縁談も、毎日引きも切らなかったそうじゃないですか。それを誰にも内緒で、イリュシア様一筋を貫き通すなんて、いくら女神への誓願《せいがん》とはいえ……」

「女神への誓願……？」

覚えのない言葉に反応すると、彼女は「……お聞きになってないんですか？」と小首をかしげた。ちょうどその時、戸口で屋敷の主人であるセレクティオンの声が響く。

苦言を呈した。

「ミュリエッタ様」

貝紫染めの優雅《ゆうが》な外衣《ヒマテイオン》をひるがえし、ゆったりとした足取りで居間に入ってきた彼は、近々王妃となる予定の少女の前に立つと、とてもゆくゆく臣下になるとは思えない威圧的な態度で苦言を呈した。

「王妃の言動は一国の尊厳にかかわります。ことに言葉遣いは充分お気を付けください」

「……ですよね」

「時に、本日は我が家にお越しくださったのは、南海貿易についての秘蔵の史書を紐解《ひも》くためとか」

「……ていうのを口実に、イリュシア様のお顔が見たかったのと、あとお妃修行の息抜きっていうか……」

もごもごとした返答は聞こえないふりで、彼は部屋の出入口へ少女を誘う。

「どうぞ。応接間に史書をすべて運ばせました。好きなだけお目通しください」

そして並んで歩きながら、有無を言わさぬ笑顔で未来の王妃を居間から追い出してしまった。

あっという間の出来事に唖然《あぜん》としていると、彼は居間の中ほどへ戻ってきて、やれやれとばかりイリュシアを腕に抱きしめてくる。

「本当は、今日は一日こうして過ごすつもりでしたのに……」

イリュシアが神殿《しんでん》を出てから、セレクティオンは、関係を隠さねばならなかったそれまでの分を取り戻すかのように、いついかなるときも人目をはばからずイリュシアにふれてくるようになった。

それでも王宮に身を寄せていた時は、イリュシアが断固として節度を求めたため多少はひかえていたのだが、婚儀をすませひとつ屋根の下で暮らすようになってからは、その熱意はおさまるどころか、日毎に高じていくばかりである。

もちろんイリュシアに、それをうれしく思う気持ちがないわけではないのだが……、素直にそう言える性格ならば苦労はしない。

抱きしめてくる腕の中、麝香草《タイム》の香りにさわぐ自らの鼓動《こどう》から目を背《そむ》けるように、平静を装って口を開いた。

「誓願って何のこと？」

「……お話したら、きっとまた貴女《あなた》に呆れられてしまうことでしょうね……」

先ほどの話を聞いていたのか、セレクティオンは唐突な問いに苦笑して身を離し、手近な寝椅子《クリネー》に腰を下ろす。そして手を引くようにしてイリュシアを自分の膝の上に座らせると、それが一番落ち着くというていで腕の中に囲い、話し出した。

「九年前、我々が初めて会った日のことを覚えておいででしょうか」

「ええ、あなたがわたくしに、ベリト神の遣いだと名乗ったときね」

「あの日、私はひと目見て貴女に恋に落ちました。といってもその時はまだ、貴女が聖巫女であり、自分がふれてはならない相手であるとわきまえていたのです。ですが別れ際……、身をひるがえした貴女の長い外衣《ヒマティオン》の端《はし》が、私の手の甲をさらりとかすめました」

「……で？」

手の甲を指でさして訴える相手へ、簡潔に続きをうながす。すると薄茶色の瞳でじっとイリユシアを見つめ、こちらがそわそわし始めた頃になって、恭《うやうや》しく頬《ほお》に口づけてきた。

「その瞬間、私は全力で女神に祈り、願をかけたのです」

イリユシアを自分に賜《たまわ》りたい。その代わり彼女を腕に抱くその日まで、聖婚をふくめ、いっさい他の女性にふれはしない、と。そして誓いの通りイリユシアと愛を交わす前も、その後も、一度たりとも自分から他の女性にふれることはなかった。

さらにイリユシアを抱く時は、彼女が女神の娘であることを常に忘れず、極上の快楽を与えるよう奉仕《ほうし》し続けた。そして九年かけて、ようやく願いがかなえられたわけである。

「きっと私の執念《しゅうねん》に、女神もあきれられたのでしょう」

彼はきれいにまとめようとするが、イリユシアは釈然《しゃくぜん》としない。

「どうして教えてくれなかったの？」

彼の素性《すじょう》が明らかになってからの七年間、いつか彼に女神の罰《ばつ》が下るのではないかと、どれだけ気を揉《も》んだことか。その身を案じ、赦《ゆる》しを賜るよう毎日必死に祈っていたというのに。

なんのことはない。彼はすでに特別な天助を受けていたのだ。

　わずかに不満を込めた眼差《まなざ》しへ、彼はすまなそうにほほ笑む。

「誰にもそれを言ってはならないという、女神からのご指示だったのです」

「女神が？　あなたに？」

「いつだったかお話ししたと思いますが、私の夢の中に貴女が出てきて、聖巫女になったのは自分の本意ではないと告げられたことがありました。そのとき、私の願掛けについて決して口外してはならないともおっしゃったのです」

「――……」

「後になってあの夢は、女神が貴女の姿を取って私のもとに現れたのではないかと考えるようになりました。もちろんただの気のせいという可能性もありましたが……念のため、指示に従っておこうかと」

　確かに神々は、よく人の夢の中に顕れて神意を語る。聖典に通じた彼がそのように解釈するのも仕方がない。が……。

「ならどうしてそれをミュリエッタが知っていたの？」

「婚儀の夜、エレクテウスに――いえ、陛下《へいか》に飲まされ過ぎて、つい口をすべらせてしまったのです。失態《しったい》でした……」

　昔はいいように手のひらの上で転がされていたエレクテウスも、いまでは時折こうしてセレクティオンを下すことがある。

「……では、誓願を破ってしまったわけね。大変だこと」

弟のささやかな勝利を祝し、小さく笑うと、相手は肩をすくめた。

「そんなことはないでしょう」

「なぜ？」

「もう結婚してしまったからです。貴女は女神の愛《いと》し娘《ご》。その貴女を早々に独り身にするようなことを、女神がなさるはずがありません」

「――……」

あいかわらず不遜《ふそん》なことだ。

あきれを交えて見つめる新妻に身を沿わせ、彼はそのままゆっくりと寝椅子に押し倒してくる。

「それに、女神への奉納《ほうのう》にはいつも全力で取り組んでおりますので」

そう言いながら、イリュシアの外衣《ヒマティオン》を取り払い、内衣《キトン》の肩を留めるブローチを外し……またたくまに裸の胸をさらしてしまう。

明るい居間での不埒《ふらち》なふるまいに、周りに人がいないかと、イリュシアは首をめぐらせた。

「こんな……昼間から？」

「新婚ならば当たり前のことです」

自信を込めて、彼はきっぱりと言い切る。そしてきょろきょろする妻にくちびるを重ねてきた。

　イリュシアの頬が染まる。見つめ合い、軽くくちびるをふれ合わせるごとに周囲は遠のき、世界はふたりだけのものになっていく。

「さぁ。今日も、貴女に恥ずかしいことをたくさん言わせますよ」

「ばか……っ」

　戯《ざ》れ言をまじえ、やがて深まっていく口づけに、高まる鼓動以外のすべてのものが意識から押し流されていき――

「愛し合いましょう。女神を歓《よろこ》ばせるために」

　セレクティオンの熱いささやきが、熾火《おきび》を羽扇《うせん》であおぐがごとくイリュシアの官能《かんのう》を煽《あお》り立てた。

あとがき

こんにちは、あまおう紅です。『満月に秘める巫女の初恋　女神は闇夜の淫儀を好みて』をお送りします。いちずな腹黒ヒーロー×ツンデレのヒロイン。敬語責め！　いかがでしたでしょうか。

舞台は古代世界。神殿娼婦《しょうふ》（聖娼）という習慣のあった都市国家——そう、拙作『巫女は初恋にまどう　王に捧げる夜の蜜戯』と同じ世界の話です。

といっても今回のヒロインとヒーローは最初から甘々！（正確には最初の方が、でしょうか）

お互いの立場のせいで一度だけどうしようもなくすれ違ってしまうものの、ヒーロー・セレクティオンが不撓不屈《ふとうふくつ》の煩悩をもってそれを乗り越えようと奮闘する話です（キリッ）。

彼は、お預けを食らわされることで勝手に期待をふくらませて興奮するタイプです。そしてまた、うんと気持ちよくなるためギリギリまで我慢するの大好き！　という——ヒロインに対してはドSであると同時に、自分自身にはドMという、真性の変態だったりします！（声高ら

かに)
ヒロイン・イリュシアは、立場のせいかしっかり者で、可愛いという感じにはなりませんでした。となると今回の「可愛い」担当はまちがいなくエレクテウスですよね！
十五歳、生意気盛りの少年が、人生初めての敗北にギリギリと歯ぎしりする様は、非常にわくわくとして筆が進みました（笑）。前作のミュリエッタ編では、彼とセレクティオンは完全に対等な関係ですが、今回はいいように手のひらの上で転がされています。この話は古代ギリシャをモチーフにした世界観ですので、屈辱に打ち震えてにらみつけてくる美少年を、セレクティオンがニヤリと笑ってつまみ食いする展開も充分ありえたと思うのですが……、それをすると話がちがうジャンルへ飛んでいってしまうので自制しました。読者さんが求めているのはそこじゃない！（はず）
この話は一作で完全に独立していますが、ミュリエッタ編のラストは、今作の二人にとってもようやく自由が訪れたという位置づけなので、お持ちの方は読み返すとハッピーエンド感が倍増するものと思われます！（特にセレクティオンがイリュシアにぶん殴られるところで色々スッキリするかと！）
イラストは、前作に引き続きカキネさんです。繊細で透明感のあるタッチがステキですよね！　きっとエロ美しいヒロインと、艶っぽいヒーローになることと思います。完成が今から楽しみです！

最後になりましたが、書店に並ぶたくさんの作品の中から、この本をお手に取ってくださった皆様、本当にありがとうございました!!　またお会いできますように!

あまおう紅

※この作品はフィクションです。実在の人物・団体・事件などにはいっさい関係ありません。